LE TRIDUUM

EN L'HONNEUR DU BIENHEUREUX

JEAN-BAPTISTE DE LA SALLE

FONDATEUR DE L'INSTITUT

DES FRÈRES DES ÉCOLES CHRÉTIENNES

CÉLÉBRÉ

À ORLÉANS

DANS L'ÉGLISE SAINT-EUVERTE

Les 23, 24, 25 Juin 1888

ORLÉANS

H. HERLUISON, LIBRAIRE-ÉDITEUR

17, RUE JEANNE-D'ARC, 17

1888

LE TRIDUUM

EN L'HONNEUR DU BIENHEUREUX

JEAN-BAPTISTE DE LA SALLE

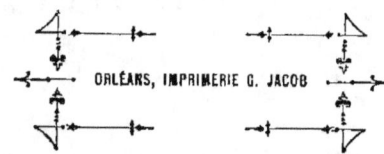

ORLÉANS, IMPRIMERIE G. JACOB

J.B. DE LA SALLE

LE TRIDUUM

EN L'HONNEUR DU BIENHEUREUX

JEAN-BAPTISTE DE LA SALLE

FONDATEUR DE L'INSTITUT

DES FRÈRES DES ÉCOLES CHRÉTIENNES

CÉLÉBRÉ

A ORLÉANS

DANS L'ÉGLISE SAINT-EUVERTE

Les 23, 24, 25 Juin 1888

ORLÉANS

H. HERLUISON, LIBRAIRE-ÉDITEUR

17, RUE JEANNE-D'ARC, 17

—

1888

AUX ÉLÈVES

DU PENSIONNAT SAINT-EUVERTE

ET

DES ÉCOLES LIBRES D'ORLÉANS

———

Chers Enfants,

Ce recueil a été composé à votre intention.

Vous avez assisté au *Triduum* célébré en l'honneur du Bienheureux Jean–Baptiste de la Salle, le Fondateur des Frères dévoués qui vous instruisent. Ces pages vous aideront à en garder le souvenir.

Puissiez-vous surtout n'en oublier jamais la leçon, et, par une vie de fidélité à Dieu, vous montrer dignes du grand bienfait de votre éducation chrétienne !

29 juin 1888,
en la fête des saints Apôtres Pierre et Paul.

Ce recueil comprend :

1º La Lettre Pastorale de MONSEIGNEUR L'ÉVÊQUE D'ORLÉANS, ordonnant un *Triduum* en l'honneur du Bienheureux Jean-Baptiste de la Salle ; *coullit'*

2º Un compte-rendu des fêtes de ce *Triduum ;*

3º L'allocution adressée, le 23 juin, aux élèves des écoles libres d'Orléans, par M. l'abbé DELAHAYE, vicaire de la cathédrale ; .

4º Le discours prononcé le 24 juin, à la réunion des Œuvres d'hommes et de jeunes gens de la ville, par M. l'abbé BELLET, chanoine honoraire, secrétaire particulier de Monseigneur l'Évêque, aumônier du Pensionnat Saint-Euverte ;

5º Le Panégyrique du Bienheureux Jean-Baptiste de la Salle, prononcé le 25 juin, par M. l'abbé LAROCHE, vicaire général d'Orléans. .

LETTRE PASTORALE

DE MONSEIGNEUR L'ÉVÊQUE D'ORLÉANS

ORDONNANT UN TRIDUUM

En l'honneur du Bienheureux Jean-Baptiste de la Salle
Fondateur de l'Institut
des Frères des Écoles chrétiennes

Nos Très Chers Frères,

L'année jubilaire de Sa Sainteté le Pape Léon XIII, si féconde en événements heureux pour notre sainte religion, a vu se réaliser un de nos vœux les plus chers : le Serviteur de Dieu, Jean-Baptiste de la Salle, prêtre, fondateur de l'Institut des Frères des Écoles chrétiennes, a été couronné par le Souverain-Pontife, le 19 février 1888, de l'auréole des Bienheureux.

Quiconque sait découvrir dans les actes de l'Église les desseins de la Providence ne manquera pas de reconnaître dans celui-ci une attention miséricordieuse de Dieu pour notre bien-aimée Patrie, et y trouvera un puissant motif de confiance pour l'avenir. La béatification de Jean-Baptiste de la Salle, c'est, en effet, plus qu'un éclatant témoignage rendu à la sainteté de sa vie, c'est la glorification de son œuvre, de l'instruction chrétienne de la jeunesse dont il fut un des plus ardents promoteurs, et c'est en même temps pour nous un encouragement à soutenir de tous nos efforts, de nos sacrifices et de nos prières, les œuvres destinées à procurer aux enfants et aux jeunes gens cette instruction nécessaire.

Aussi, Nos Très Chers Frères, si toutes les fêtes célébrées cette année à Rome ont été brillantes, ceux qui en furent témoins nous attestent que la solennité du 19 février a eu un caractère particulièrement imposant. Nous avons eu la joie d'y assister et nous n'oublierons jamais l'accent de satisfaction profonde, nous dirions presque de paternelle fierté, avec lequel Léon XIII, toujours si tendre pour la Fille aînée de l'Église, adressa aux Évêques français, avant de quitter la Basilique, cette parole : Voilà une belle journée pour la France !

Le Bienheureux Jean-Baptiste de la Salle appartient sans doute à toute l'Église, mais il appartient plus spécialement à la France. Il naquit à Reims en 1651, il mourut à Rouen en 1719 ; toute sa vie s'est écoulée dans notre pays ; Paris est le siège de l'Institut qu'il a fondé, et tous nos diocèses français possèdent ces admirables Religieux que nous appelons les *Chers Frères*, qui s'appliquent dans nos écoles à former des hommes capables de servir la société et des chrétiens fidèles aux lois de l'Évangile.

Il n'est donc pas étonnant que partout le clergé et les fidèles s'empressent de rendre au nouveau Bienheureux de solennels honneurs religieux.

Il convient, Nos Très Chers Frères, que nous prenions part à ce concert de louanges et de prières que la reconnaissance et la confiance font ainsi monter vers le Ciel.

Notre diocèse doit beaucoup à l'Institut du Bienheureux Jean-Baptiste de la Salle. Il y a un siècle et demi que les Frères des Écoles chrétiennes exercent leur pieux apostolat à Orléans. C'est en 1740, vingt et un ans après la mort de leur saint fondateur, qu'ils y furent appelés par l'un de nos prédécesseurs, Mgr Nicolas-Joseph de Paris. Depuis lors, ils n'ont cessé de nous prodiguer leur dévouement. L'un d'eux même, pendant les plus mauvais jours de la Révolution, se montrant supérieur à la crainte, ne voulut pas abandonner son poste et, caché dans une maison de la ville, il continua sans interruption d'instruire les enfants. Aujourd'hui, les écoles dirigées par les Frères sont aussi florissantes que jamais, et nous sommes heureux de compter parmi nos maisons d'éducation chrétienne les plus prospères le beau Pensionnat Saint-Euverte, qui rend tant de services non seulement à la ville d'Orléans, mais à tout le diocèse.

Avec ce motif de reconnaissance envers le Bienheureux Jean-Baptiste de la Salle, nous vous en signalons un autre, Nos Très Chers Frères : c'est à Orléans que s'opéra, par l'intercession de ce grand serviteur de Dieu, un des trois miracles qui contribuèrent à sa Béatification.

Mⁱⁱᵉ Victoire Ferry, âgée de vingt ans, et employée à l'Hôpital-Général de notre ville, fut victime, au mois de février 1852, d'un accident cruel qui amena dans son organisme une perturbation complète. Sa maladie dura douze années, pendant lesquelles elle éprouva dans toutes les parties du corps de violentes douleurs et employa inutilement toutes sortes de remèdes. En 1844, ayant entendu parler de guérisons obtenues par la protection du Vénérable Jean-Baptiste de la Salle, elle commença, le 18 mai, deuxième jour de l'octave de l'Ascension, à l'invoquer. Tenant entre ses mains une image et des reliques du Vénérable, elle s'exprima ainsi : *Mon bon Père, vénérable serviteur de Dieu, Jean-Baptiste de la Salle, priez pour moi, qui ai recours à vous, si c'est la volonté de Dieu que vous obteniez ma guérison ; mais si, au contraire, sa volonté est que je meure, je m'y résigne volontiers pour la sanctification de mon âme.* Elle répéta souvent, le jour et la nuit, les mêmes prières. Le dimanche 19 mai, vers sept heures et demie du soir, tandis qu'elle lisait une vie du Vénérable, elle entendit une voix claire et distincte qui lui disait : *Dimanche, à huit heures moins un quart, tu iras à la messe à Recouvrance ; n'en dis rien.* A dater de ce moment, le mal augmenta. Dans la nuit du 20 au 21 mai, minuit venait de sonner lorsqu'elle vit paraître le Vénérable de la Salle, qui lui dit : *Je suis Jean-Baptiste de la Salle.* — *O mon Vénérable Père, je ne suis pas digne que vous vous montriez à moi.* — *Dimanche, à huit heures moins un quart, tu iras à la messe à Recouvrance ; n'en dis rien, tu es guérie.* — *Mon bon Père, le Vénérable, je vous remercie de toutes les grâces que vous m'accordez aujourd'hui : je m'en reconnais tout indigne.* — A partir de ce moment, Mlle Victoire Ferry se sentit délivrée de tous ses maux. Le matin du dimanche 26 mai, fête de la Pentecôte, elle se rendit à la paroisse à l'heure qui lui avait été désignée, entendit la messe et communia. Sa guérison était parfaite. Le 17 octobre 1846, cinq notabilités médicales de Paris en firent la constatation scientifique, et, le 1er novembre 1887, le Souverain Pontife reconnut l'authenticité de ce prodige.

Ainsi, Nos Très Chers Frères, il nous appartient, plus qu'à beaucoup d'autres, d'inaugurer solennellement le culte du Bienheureux Jean-Baptiste de la Salle, et nous sommes heureux de vous y convier.

Vous aurez à cœur de répondre à notre appel. De graves intérêts vous le commandent. Il s'agit de glorifier un Élu de Dieu ; d'attirer sur nos familles et nos écoles, par son intercession, les bénédictions du Ciel ; d'apprendre, par les exemples du Bienheureux Jean-Baptiste de la Salle, à nous dévouer, à nous sacrifier, à ne nous laisser vaincre par aucun obstacle dans la poursuite du bien ; d'apprendre encore de lui le prix des âmes des enfants et la nécessité de leur donner une éducation chrétienne.

Dans ces intentions, Nos Très Chers Frères, venez assister aux offices que nous allons célébrer, venez vénérer les Reliques du Bienheureux et prier devant son image ; unissez-vous au moins à nous par la prière et par la sainte communion. Puisse notre chère ville d'Orléans, toujours si empressée à manifester sa foi, donner dans cette circonstance une nouvelle preuve de son esprit religieux et mériter de recevoir de Dieu en retour d'abondantes bénédictions !

A CES CAUSES,

Le saint nom de Dieu invoqué,

Nous avons ordonné et ordonnons ce qui suit :

ARTICLE PREMIER. — Un *Triduum* solennel sera célébré dans l'église Saint-Euverte, en l'honneur du Bienheureux Jean-Baptiste de la Salle, les 23, 24 et 25 juin 1888.

ART. 2. — Nous arrêtons ainsi qu'il suit le Programme de ce *Triduum :*

Samedi 23 juin. — MATIN. 6 heures 1/2 et 7 heures 1/2, messes basses ; 10 heures, grand'messe, à laquelle assisteront les élèves des écoles libres de la ville ; sermon par M. l'abbé Delahaye, vicaire de la Cathédrale. — SOIR. 6 heures, chant de cantiques et salut solennel du Très-Saint-Sacrement.

Dimanche 24 juin. — MATIN. 6 heures 1/2, messe basse ; 9 heures, grand'messe. — SOIR. 2 heures, vêpres et salut ; 8 heures, réunion des Œuvres d'hommes et de jeunes gens de la ville ; chant de l'hymne *Iste confessor ;* sermon par M. l'abbé Bellet, chanoine honoraire, secrétaire de Mgr l'Évêque, aumônier du Pensionnat Saint-Euverte ; salut solennel.

Lundi 25 juin. — MATIN. 6 heures 1/2, messe de communion célébrée par M. l'abbé Hautin, Vicaire Général, archidiacre ; 9 heures, TIERCE ET MESSE PONTIFICALE. — SOIR. 5 heures ; VÊPRES PONTIFICALES, PANÉGYRIQUE DU BIENHEUREUX PAR M. L'ABBÉ LAROCHE, VICAIRE GÉNÉRAL, ARCHIDIACRE ; procession des reliques ; salut solennel, chant du *Te Deum.*

ART. 3. — Nous accordons quarante jours d'indulgence aux fidèles qui viendront, pendant la durée du *Triduum,* vénérer les reliques du Bienheureux dans l'église Saint-Euverte (1).

_____

(1) Par rescrit du 25 février 1888, Notre Très Saint Père le Pape a accordé :

1° Une indulgence plénière à tous les fidèles qui, s'étant confessés et ayant communié, visiteront l'église dans laquelle le *Triduum* est célébré et y prieront aux intentions du Souverain-Pontife ;

2° Une indulgence de cent années, une fois par jour, aux fidèles qui visiteront ladite église et prieront d'un cœur contrit aux mêmes intentions.

Et sera la présente Lettre pastorale lue dans toutes les églises et chapelles de notre diocèse, le dimanche 17 juin.

Donné à Orléans, dans notre palais épiscopal, sous notre seing, le sceau de nos armes et le contre-seing du chancelier de notre Évêché, le 8 juin 1888, en la fête du Sacré-Cœur de Jésus.

† PIERRE, *Évêque d'Orléans.*

Par mandement de Monseigneur l'Évêque d'Orléans :

Edm. SÉJOURNÉ, *Vicaire général, Chancelier.*

LE TRIDUUM

COMPTE-RENDU

Au soir du 19 février 1888, en terminant la fête de la Béatification de Jean-Baptiste de la Salle, Léon XIII fit entendre
cette parole : « Voilà une belle journée pour la France. »
Nous avons surpris sur bien des lèvres, le lundi 25 juin, à la
clôture du *Triduum* célébré à Saint-Euverte en l'honneur du
Bienheureux, la même expression de fierté et de joie : « Voilà
de belles journées pour Orléans ! »

Tout, en effet, a contribué à rendre cette solennité incom-

parable : une église magnifiquement décorée, la présence de
deux évêques et d'un nombreux clergé, des chants exécutés
avec une perfection rare, de beaux discours, une affluence
considérable de fidèles, et, par-dessus tout, de généreux sentiments inspirant les âmes, animant les pierres mêmes du
temple : les sentiments de la piété, de la reconnaissance, de
la confiance pour ce prêtre illustre auquel les hommes
doivent de nobles exemples de vertu, des millions d'enfants
leur éducation chrétienne, la France et l'Église une partie de
leur gloire.

L'église Saint-Euverte.

Mgr l'Évêque d'Orléans avait prescrit que le *Triduum* en
l'honneur du Bienheureux Jean-Baptiste de la Salle fût célébré
dans l'église Saint-Euverte.

Ce choix n'a étonné personne. L'église Saint-Euverte, ce
vaste monument gothique, l'un des plus remarquables de
notre diocèse, aux voûtes si élancées, aux lignes si pures, qui
abrita jadis pour la prière tant de générations de moines, est
devenue depuis quelques années la chapelle du Pensionnat
des Frères ; et quiconque a assisté quelquefois aux fêtes religieuses de ce Pensionnat sait tout ce qu'on y trouve de
ressources pour les chants et les cérémonies d'une grande
solennité.

A ces ressources ordinaires est venue s'ajouter pour le
Triduum une ornementation vraiment artistique, tout à la
fois riche, sobre et variée. Douze lambrequins, dont la partie
herminée porte les huit béatitudes, les armoiries de Léon XIII,
de Mgr Coullié, du Bienheureux de la Salle et de l'Institut des
Frères, sont appliqués aux colonnes de la nef et aux piliers du
transept ; au-dessous de ces lambrequins, de gracieux écussons rappellent, avec leurs dates, les principaux faits de la
vie du Fondateur et de l'histoire de sa Société ; des oriflammes
gigantesques, aux couleurs du Pape et de l'Institut, flottent
majestueusement à travers le temple ; des guirlandes de feuil-

lage, parsemées de roses, partent des couronnements des écussons et se rattachent aux nervures centrales des voûtes, formant d'élégants baldaquins; enfin, le maître-autel est surmonté d'un grand tableau où un artiste orléanais, toujours habile et toujours dévoué, M. le chanoine Dumoutel, a représenté Jean-Baptiste de la Salle, environné d'anges, porté sur les nuages et montant au ciel, où l'attend l'éternel bonheur.

Qui ne le devine? Cette décoration grandiose de l'église Saint-Euverte n'est pas l'œuvre de mains étrangères et profanes. Inscriptions, oriflammes, guirlandes, tout nous révèle qu'il y a à Orléans des fils du Bienheureux de la Salle qui peuvent mettre beaucoup de talent au service de leur tendre amour pour leur Fondateur et Père.

Contemplons maintenant l'autel provisoire dressé à l'entrée du chœur. Sur cet autel repose une châsse qui contient des reliques de Jean-Baptiste de la Salle ; au-dessus, la statue du Bienheureux se détache sur une riche draperie de velours cramoisi. Cet autel, ces reliques, cette statue, seront, pendant le *Triduum*, comme le centre du pèlerinage, le foyer dans lequel se concentreront toutes les cérémonies et toutes les prières.

Ouverture du Triduum.

La veille de la fête, le bourdon de la tour Saint-Euverte avait jeté au loin sa voix harmonieuse et grave, et les cours de l'ancienne abbaye, les allées du parc, toutes les fenêtres de l'immense édifice s'étaient parées d'étendards aux vives couleurs portant dans leurs plis l'annonce des fêtes du lendemain et invitant les âmes à la joie.

Le matin du 23 juin, les élèves du Pensionnat se réunirent dans l'église et entendirent la messe célébrée par M. l'abbé Bellet, leur aumônier ; puis M. l'abbé Hautin, archidiacre, vint bénir solennellement la statue du Bienheureux.

Cette statue a 1 mètre 90 de haut. Le saint Fondateur tient

2

à la main le livre des *Règles et Constitutions* de son Institut. M. l'archidiacre emprunta à cette circonstance le sujet de son allocution, et, dans ce style noble et élégant qui lui est familier, il donna à ses jeunes auditeurs des conseils pleins d'élévation sur la nécessité d'un réglement de vie. Il bénit ensuite la pieuse image.

A peine la bénédiction était-elle terminée, qu'une voix entonna pour la première fois sous les voûtes de ce temple l'invocation liturgique : *Beate Joannes-Baptista, ora pro nobis*, et tous les assistants répétèrent la même invocation.

Le *Triduum* était ouvert. Que d'espérances avait fait naître dans les cœurs cette délicieuse réunion !

Première Journée. — 23 Juin.

La première journée du *Triduum* fut consacrée aux enfants.

A dix heures, arrivèrent de tous les quartiers de la ville à Saint-Euverte *douze cents* jeunes garçons conduits par des Frères : c'étaient les élèves des Écoles libres. Ils se placèrent dans la nef principale de l'église et chantèrent la grand'messe. Nous renonçons à décrire l'effet produit par ce chœur de plus d'un millier de voix fraîches et pures ; bien des larmes, nous le savons, coulèrent des yeux des parents qui avaient accompagné leurs fils à cette fête, larmes de fierté maternelle, mais aussi larmes de piété chrétienne, car quand l'enfant est-il plus beau et plus aimable pour sa mère elle-même que lorsqu'il prie Dieu et chante ses louanges ?

M. l'abbé Delahaye, vicaire de la Cathédrale, avait été chargé de haranguer ces écoliers. Il leur montra dans le Bienheureux de la Salle leur modèle, leur bienfaiteur et leur protecteur, et l'attention de tout ce petit monde, d'ordinaire si remuant et si difficile à fixer, fit voir à l'orateur combien son allocution avait d'intérêt et de charme.

A six heures du soir, on vit ces enfants, après une promenade commune et un goûter champêtre qui leur avait été offert par le Comité des Écoles, revenir aux mêmes places et recevoir la bénédiction du Très Saint-Sacrement.

Une agréable surprise les y attendait. Monseigneur l'Évêque avait voulu leur ménager l'honneur de sa présence à cette réunion, et ce fut après s'être inclinés pieusement sous sa main bénissante qu'ils se séparèrent, contents et joyeux d'avoir célébré, sous les yeux de leurs parents et des prêtres de leurs paroisses, celui auquel ils doivent leurs *Chers Frères.*

Deuxième Journée. — 24 Juin.

Le dimanche 24 juin fut plus solennel. Par une coïncidence favorable, ce second jour du *Triduum* était le jour de la fête de Saint-Jean-Baptiste, patron du Bienheureux de la Salle.

Aux messes basses, il y eut de nombreuses communions.

La grand'messe, célébrée par M. l'abbé de la Taille, doyen du Chapitre, fut chantée en faux-bourdon par les élèves du Pensionnat.

Aux vêpres et au salut, le nombre de ces élèves semblait avoir doublé ; mais non, c'était le Petit-Séminaire de Sainte-Croix tout entier qui était là, faisant son pèlerinage. Par une heureuse inspiration, le vénéré Supérieur de cette maison, M. l'abbé Renaudin, avait voulu que les voix de ses enfants s'unissent aux voix des enfants de Saint-Euverte pour rendre hommage à l'apôtre de la jeunesse, et rien ne fut touchant comme le spectacle de ces sept cents jeunes gens, se rencontrant pour la première fois et mêlant leurs psaumes et leurs cantiques pour marquer l'unisson de leurs âmes dans leur foi et leur estime des bienfaits de Dieu.

D'autres pèlerinages au Bienheureux de la Salle s'accomplirent dans cette journée. La paroisse de Notre-Dame-de-Recouvrance, convoquée par son Pasteur, célébra à Saint-Euverte son office de l'après-midi, et l'un des vicaires, M. l'abbé Agnès, y raconta aux fidèles pressés autour de sa chaire le miracle obtenu en 1844 par l'intercession du Serviteur de Dieu. Le Petit-Séminaire de La Chapelle, ayant à sa tête M. l'abbé Vié, son Supérieur, vint prier devant les reliques du Bienheureux. Plusieurs pensionnats de jeunes filles s'y succédèrent également. Nous ne pouvons enfin que mentionner le prodigieux concours de fidèles qui vinrent, entre les offices publics de ce dimanche, s'agenouiller devant l'image du fondateur des Frères, y faire brûler des cierges et y déposer leurs pieuses intentions.

La réunion du soir, à huit heures, fut splendide. Ils étaient là plus de mille, ces hommes et ces jeunes gens de nos œuvres orléanaises, qu'on est sûr de trouver partout où il y a un acte de foi à accomplir ; c'étaient les membres du Comité des Écoles chrétiennes, des Conférences de Saint-Vincent-de-Paul, du Tiers-Ordre de Saint-François d'Assise, de la Société de Saint-François-Xavier, de l'Œuvre de la Persévérance, du Cercle catholique des ouvriers, de la Société de Saint-Joseph, du Cercle de la jeunesse ouvrière, de l'Œuvre des apprentis, des Cercles de jeunes gens de Saint-Laurent et de Saint-Vincent, du Patronage de Saint-Marc. Avec quelle ardeur toutes ces voix graves et mâles chantèrent le cantique au Bienheureux, l'hymne *Iste Confessor*, le *Magnificat !* avec quelle religieuse attention ils écoutèrent le discours dans lequel M. l'abbé Bellet, secrétaire de Mgr l'Évêque, leur découvrit la fidélité admirable de Jean-Baptiste de la Salle à la Providence ! Quelle émotion, enfin, fut celle de l'assemblée entière lorsque, après ce discours, l'autel, devenu un brasier et inondant de ses mille feux l'immensité du temple, offrit à tous les regards l'image du Bienheureux montant au ciel, et, devant lui, l'Auteur de sa gloire, le Dieu de l'Eucharistie !

L'office terminé, la foule quitta l'église, ravie, enthousiaste. Au dehors, elle vit le portail et la tour illuminés, comme dans les jours de victoire : la religion ne venait-elle pas de se montrer victorieuse ?

La troisième journée du Triduum lui réservait un magnifique triomphe.

Troisième Journée. — 25 Juin.

La messe de communion du 25 juin fut dite par M. l'abbé Hautin, archidiacre, et un grand nombre de fidèles s'y approchèrent de la sainte table.

A neuf heures commença l'office pontifical, célébré par Mgr l'Évêque d'Orléans.

Un office pontifical est beau et imposant par lui-même. Celui que Sa Grandeur daigna présider à Saint-Euverte emprunta un nouvel éclat à la présence du Chapitre cathédral, de tout le Clergé de la ville et du Grand-Séminaire. Ancien chanoine de la métropole de Reims, le Bienheureux de la Salle dut avoir pour agréable la démarche de Messieurs les chanoines d'Orléans venant l'honorer en chœur dans l'église des Frères ; ancien élève de Saint-Sulpice, il ne put manquer de bénir ces jeunes lévites qui ont le bonheur de recevoir la même éducation cléricale que lui et qui se montraient en ce jour si empressés à le fêter.

La messe fut célébrée en grande pompe. Messieurs les Séminaristes exécutèrent le plain-chant ; avec quelle perfection, ceux-là seulement en peuvent concevoir une idée qui ont assisté à cet office ou qui connaissent les traditions du Séminaire d'Orléans. La chorale du Pensionnat fit entendre le *Kyrie*, le *Gloria*, le *Sanctus*, l'*O salutaris* et l'*Agnus Dei* de la messe du Sacre, de Cherubini. Était-ce une témérité chez ces jeunes gens que d'affronter une œuvre si difficile? Si nous avions pu le penser auparavant, nous ne le penserions plus maintenant, après que la justesse, la précision, la délicatesse de leur chant ont fait si admirablement ressortir et le talent du maître, M. Alfred Saligot, et la docilité des élèves. A l'offertoire, M. Gack joua sur le violon un *Andante religioso* qu'on aurait cru interprété par une voix céleste. Enfin, après la messe, la musique du Pensionnat joua un des morceaux de son répertoire ; cette musique aura contribué pour sa large part, dans cette journée et dans toutes les autres, au succès des fêtes du Triduum.

Qu'elle fut belle, cette matinée du 25 juin ! En vérité, qu'y a-t-il ici-bas de comparable à une cérémonie religieuse où, dans un magnifique temple, au milieu des chants graves des hommes et des chants suaves des enfants, un évêque, assisté de ses prêtres et de ses lévites, entouré de son peuple, offre en l'honneur d'un saint du ciel le sacrifice d'un Dieu !

Qu'elle fut belle aussi, la soirée de ce même jour !

A trois heures, plus de trois mille personnes remplissaient les vastes nefs de Saint-Euverte ; Monseigneur fit son entrée dans l'église. Sa Grandeur avait auprès d'elle Mgr Bougaud, évêque de Laval, que la Providence avait ramené parmi nous « afin qu'Orléans assistât à cette fête avec tout son cœur ». Les vêpres pontificales furent chantées. Puis le Pensionnat entonna un cantique au Bienheureux, dont l'air vif et entraînant avait été déjà remarqué et goûté les jours précédents. Après ce cantique, M. l'abbé Laroche, archidiacre, monta en chaire pour prononcer le panégyrique du Bienheureux Jean-Baptiste de la Salle. Nous n'essaierons ici ni d'analyser ni de louer ce panégyrique, que chacun voudra lire, et par lequel l'éminent orateur, si connu à Orléans et ailleurs par d'importants discours, s'est surpassé lui-même et a produit sur son auditoire une profonde impression. Le discours fut suivi des complies ; ensuite la procession se mit en marche à travers les jardins de Saint-Euverte, procession ravissante dans des allées de verdure et de fleurs ; en tête marchaient les enfants des écoles de la ville, puis les élèves du Pensionnat avec leurs bannières et leurs insignes des congrégations, derrière eux la musique, dont les morceaux alternaient avec le chant des hymnes ; venaient ensuite le Grand-Séminaire, un grand nombre de Prêtres et le Chapitre ; enfin, Nos Seigneurs les Évêques d'Orléans et de Laval, devant lesquels des Frères portaient les reliques de leur Bienheureux fondateur ; le Très Cher Frère Apronien, assistant du Supérieur général, le Cher Frère Gelosius, visiteur, le Cher Frère Eusébias, directeur de Saint-Euverte, le Cher Frère Blimond, directeur de Saint-Bonose, et tous les Frères des écoles de la ville et du diocèse, fermaient la marche. Pendant cette procession, la foule des fidèles avait envahi les cours et le parc, et tous s'inclinaient avec bonheur devant les reliques et sous la bénédiction des évêques. Quand on fut de retour dans l'église, un salut solennel en musique fut chanté par le Pensionnat; Monseigneur d'Orléans entonna le *Te Deum*, que des milliers de voix poursuivirent avec enthousiasme, et Monseigneur de Laval donna la bénédiction du Très Saint-Sacrement.

Les fêtes étaient finies; mais, nous osons le dire, elles laisseront une trace profonde dans les âmes de ceux qui en furent témoins.

C'est qu'elles ont eu une haute signification.

Elles attestent d'abord la vitalité de l'Église, dont la sève inépuisable produit toujours des saints et dont l'autorité infaillible sait discerner ces saints pour les offrir à l'admiration et à l'imitation de ses enfants.

Ces fêtes ont été aussi une manifestation éloquente des sentiments religieux du peuple chrétien. Voilà un homme que la plupart des fidèles ne connaissaient hier que de nom et pour lequel ils étaient plus ou moins indifférents. Le Pape le proclame Bienheureux et permet de lui rendre un culte. Aussitôt les multitudes accourent à ses autels, se prosternent devant ses images, lui adressent leurs prières, se confessent et communient en son honneur: on rivalise d'ardeur à le célébrer; on se dispute ses premières faveurs; il semble qu'il manquait un aliment à toutes ces âmes pour satisfaire leur besoin de vie religieuse : cet aliment leur est donné, elles s'en emparent avec avidité et allégresse.

Que signifie encore le succès de notre *Triduum*, comme des autres *Triduum* célébrés dans toute la France? Il signifie que ces humbles Religieux, et en particulier ceux de notre ville, qui élèvent les enfants du peuple, sont aimés par le peuple; que plus la persécution s'acharnera contre eux, plus ils trouveront de défenseurs; que tous les hommes de foi et de bon sens seraient prêts à se lever, s'il le fallait, pour protéger les Chers Frères des Écoles chrétiennes, comme ils se sont levés pour glorifier leur saint fondateur.

Puissent ces sentiments s'affermir dans les âmes!

Puissent nos belles fêtes de Saint-Euverte nous embraser tous d'un plus grand amour pour l'enfance que le Bienheureux de la Salle a servie, pour les Religieux qu'il a institués, pour le Pape qui l'a exalté, pour l'Église qui l'honore, pour Dieu qui le récompense !

ALLOCUTION

Adressée le 23 Juin 1888

AUX ÉLÈVES DES ÉCOLES LIBRES D'ORLÉANS

Mes Enfants,

Un jour, Notre-Seigneur Jésus-Christ vit accourir à lui une troupe bruyante de petits enfants qui venaient lui demander sa bénédiction.

Indignés de cette familiarité, les Apôtres se mirent à les repousser et à leur adresser de dures paroles, mais Jésus, les reprenant, leur dit de sa voix grave et douce : « Laissez venir à moi les petits enfants, car le royaume des cieux est pour ceux qui leur ressemblent. » Et aussitôt, ajoute le récit sacré, les appelant et les prenant dans ses bras, il leur imposa les mains et les bénit.

Scène ravissante, qui a fait pleurer bien des mères et qui montre pour qui sont les préférences de Jésus-Christ. Elles sont non pas pour les riches, non pas pour les puissants, mais pour les petits, pour les purs, pour vous, mes enfants, qui m'écoutez en ce moment.

Jésus-Christ, en effet, n'a pas réservé tout son amour aux petits enfants de la Judée ; il a aimé ceux de la France avec non moins de tendresse, et la preuve, c'est que je viens aujourd'hui vous parler d'un grand homme que Dieu a suscité pour être à la fois le modèle, le bienfaiteur, le protecteur de l'enfance.

Ce modèle, ce bienfaiteur, ce protecteur, je n'aurais pas besoin de le nommer, car tout ici chante sa gloire, — c'est le Bienheureux Jean-Baptiste de la Salle, le fondateur à jamais illustre de l'Institut des Frères des Écoles chrétiennes. Ouvrons ensemble le livre de sa vie, et, pendant quelques instants, voyons avec quelle fidélité il a su accomplir sa douce et admirable mission.

I

Dans une des rues de la ville de Reims se voit encore aujourd'hui une vieille maison, conservant, malgré les coups et les injures du temps, un air d'antique et vénérable noblesse. Pourtant, ce qui fait sa gloire, ce n'est pas son architecture, c'est un souvenir, le souvenir de l'homme illustre que nous fêtons en ce moment.

Il y naquit le 30 avril 1651. Ses parents, chrétiens éclairés et fidèles, le firent baptiser le jour même, et s'efforcèrent aussitôt de former son âme délicate et aimante à la vertu. Ils y réussirent, comme le prouvent les traits édifiants que les auteurs nous ont conservés.

Son divertissement favori, savez-vous, mes enfants, en quoi il consistait? — Mettait-il son plaisir à ces promenades, à ces courses, à ces cris, à ces exercices auxquels vous vous livrez avec toute l'ardeur de votre âge? — Non; fuyant le bruit, détestant la dissipation, il cherchait, dans la maison de son père, les endroits les plus retirés, y élevait un petit autel qu'il ornait de son mieux, et passait là de longues heures à reproduire les chants et les cérémonies du culte divin.

Un jour, grand émoi dans la vieille demeure! C'est son père qui donne une soirée. Les salons se parent de leurs plus beaux ornements; partout des fleurs, partout des chants, partout des cris de surprise et de joie. Tout à coup on entend des sanglots ; étonnée, la foule brillante qui a répondu à l'appel de M. de la Salle se retourne, et qu'aperçoit-on ? Le petit Jean-Baptiste qui, pris d'une indicible tristesse, pleure à chaudes larmes. On s'empresse autour de lui, on s'efforce de le consoler : c'est en vain. Enfin, sa grand'mère s'approche et lui tend les bras. L'enfant s'y jette en s'écriant : « Je vous en prie, sortons d'ici, et allons, loin de cette agitation, lire une page de la *Vie des saints*. »

Ainsi donc, mes enfants, *une page de la Vie des Saints*, voilà ce que Jean-Baptiste de la Salle préférait aux jeux les plus désirés de ce monde ! La société de Dieu, la prière, voilà ce qu'il cherchait avant tout. Vous pouvez maintenant vous faire une idée de ce qu'étaient son recueillement et sa piété, quand il assistait avec sa mère aux offices de l'Église : on eût dit un ange descendu sur terre, en sorte que tout le monde autour de lui redisait la parole des Juifs à la naissance du premier des Jean-Baptiste : « Que sera donc, un jour, cet enfant ? »

A cette question, seul Jean-Baptiste eût pu répondre, car seul il avait entendu une voix mystérieuse lui dire au fond du cœur : « *Tu seras prêtre.* » — Il fut fidèle à l'appel de Dieu : vingt ans après, en effet, il montait pour la première fois à l'autel, et consacrait au Dieu de l'Eucharistie son cœur, son intelligence, ses forces et sa vie.

II

Dieu ne tarda pas à lui montrer ce qu'il attendait de lui.

A cette époque, l'instruction était loin d'être aussi répandue qu'aujourd'hui. Les maîtres d'école faisaient payer fort cher leurs leçons, et bien petit était le nombre de ceux qui pouvaient apporter chaque mois la somme exigée. Le reste végétait dans l'ignorance, incapable de s'élever au-dessus d'un travail matériel, semblable à ces esclaves de l'antiquité qui, les yeux crevés, tournaient perpétuellement la même meule, sans se douter qu'au-dessus de leur tête s'étendaient les splendeurs du firmament.

Appeler à soi les enfants du peuple, les déshérités d'ici-bas, les délaissés du monde, leur donner des maîtres, des livres, de l'instruction, telle était l'œuvre qui sollicitait depuis long-temps la charité chrétienne. Dieu la montra au Bienheureux de la Salle. Il accourut.

Hélas ! en même temps accoururent les contradictions, les dangers, les fatigues, les calomnies, les persécutions et les larmes.

C'est d'abord sa famille, — cette famille tant aimée, — qui s'irrite et refuse d'habiter avec lui. Ses proches viennent le trouver et l'accusent de déshonorer le nom qu'il porte. Ses frères le quittent et lui déclarent nettement qu'il n'aura plus d'eux à l'avenir ni secours ni affection.

Ses concitoyens ne sont pas plus bienveillants. Ils tournent en ridicule l'humble costume qu'il a donné à ses *chers Frères*. Quand lui-même sort dans les rues, revêtu de cette robe noire et de ce manteau que nous aimons tant, mes enfants, tout le monde court après lui pour l'insulter ; on lui jette de la boue ; on va, ô honte ! jusqu'à lui donner des soufflets, à lui noble, à lui prêtre ! — Et cette rude épreuve ne se présente pas une seule fois, elle se renouvelle pen-dant plusieurs mois, tous les jours, et quatre fois par jour !

Mais ceux qui le font souffrir le plus, ce sont les autres maîtres d'école ; furieux d'une entreprise qui ruine leur métier, ils mettent tout en œuvre pour la rendre impossible. Ils intentent des procès au Bienheureux Jean-Baptiste de la Salle, pénètrent de vive force dans ses classes, brisent les tables et les bancs de ses élèves et ne reculent devant aucune calom-nie pour lui nuire.

Ajoutez à cela, mes chers enfants, tous les tourments de la pauvreté la plus extrême. Pour se dévouer plus librement à son œuvre, l'homme admirable dont nous racontons la vie n'avait pas hésité à quitter toutes ses dignités ; il avait fait plus, il avait vendu ses biens et en avait distribué tout le prix aux pauvres. Comment vivre, comment surtout faire vivre une communauté dans ces temps désolés où la famine venait si souvent ravager la terre de France ? Les Frères eurent alors à supporter des privations inouïes. — A Vaugirard, auprès de Paris, leur noviciat était établi dans une maison à demi ruinée, ouverte à tous les vents, laissant tomber jusque sur le lit des religieux la pluie ou la neige des rafales. Il n'y avait dans ce lieu de pénitence que deux matelas, un pour l'infirmerie, l'autre que les Frères avaient donné de force à leur fondateur, mais que le Bienheureux Jean-Baptiste de la Salle retirait chaque soir avant de se coucher. Le feu était inconnu dans la maison, tellement que les Frères en se réveillant trouvaient souvent gelés les misérables draps qui les couvraient. Quant à la nourriture, elle consistait en quelques restes, plus ou moins convenables, qu'un Frère allait deux fois par jour mendier à Paris, et qu'on accueillait avec joie quand il ne prenait pas fantaisie à des malfaiteurs de les piller et de les jeter dans la boue.

A Rouen, les Frères n'étaient pas mieux partagés. Ils étaient douze et pendant vingt-cinq ans n'eurent par jour — un tel détail est presque incroyable — que dix-sept sous pour vivre. Manquant de linge, d'habits, de pain, de bois, mais non pas de courage, ils continuèrent cependant leurs classes, toujours gais et empressés, comme des martyrs qui souffrent pour Jésus-Christ.

Voilà, mes chers enfants, un aperçu de ce qu'il a fallu de souffrances pour vous assurer le bienfait de l'instruction chrétienne. Mais pourquoi insister là-dessus ? Ce sont des choses qui se renouvellent tous les jours sous vos yeux.

Aujourd'hui comme autrefois, il y a des hommes qui

renoncent à leurs biens, à leur famille, à leurs aises, à leur pays, à tout ce qu'ils ont de plus cher dans ce monde ; pourquoi faire ? — Pour se consacrer à vous. — Ce sont bien, autour d'eux et sur leur chemin, les mêmes traverses, mais aussi, dans leur cœur, c'est bien le même dévoûment, indomptable et surnaturel. Rien n'est changé dans la famille héroïque, sauf le nombre. Réjouissez-vous donc, Bienheureux Père, vos fils sont restés dignes de vous. Et nous qui les voyons à l'œuvre, nous les enfants des Écoles chrétiennes qui jouissons de leurs bienfaits, nous ne pouvons que lever vers vous nos yeux reconnaissants et vous dire : « Pour tant de maîtres admirables que vous nous avez donnés, ô glorieux Fondateur, soyez maintenant, soyez à jamais béni ! »

III

Ce que je viens de vous dire, mes chers enfants, nos devanciers le pouvaient dire aussi et l'ont dit. Mais il est un titre qu'ils n'ont pas osé publiquement décerner à Jean-Baptiste de la Salle, et que nous pouvons lui donner depuis le 18 février dernier : c'est celui de Protecteur.

Ce jour-là, Rome vit un grand spectacle.

Dans une salle magnifique s'est réunie une foule immense ; il y a là des représentants de toutes les nations catholiques, des Frères des Écoles chrétiennes, des prêtres, des évêques en grand nombre, des cardinaux, le Pape ! — De quoi s'agit-il donc ? — De déclarer que le Vénérable Jean-Baptiste de la Salle, ayant pratiqué des vertus héroïques et opéré des miracles incontestables, a droit au titre et aux honneurs des Bienheureux habitants du ciel.

A peine cette déclaration est-elle faite par le Souverain-Pontife qu'un voile tombe, l'image du Bienheureux apparaît et suscite d'enthousiastes acclamations, les cloches de Saint-Pierre sonnent à toute volée, c'est un triomphe magnifique que le Pape accentue encore en disant : « Voici une belle journée pour la France ! »

Oh oui ! Très Saint Père, c'est une belle journée pour tous les Français, mais en particulier pour ces petits enfants de la France que les Fils du Bienheureux de la Salle instruisent avec tant de dévoûment. Son image bénie, il y a bien long-temps que nous la connaissons et que nous l'aimons. Nous avons bien souvent contemplé, de la place où nous étions assis dans nos classes, ce regard austère et doux qui va cher-cher l'inspiration dans la méditation du Crucifix, ce visage où tout respire la bonté, cette main infatigable qui écrit de si belles choses ; mais maintenant, comme ce portrait nous sera plus cher ! et comme nous l'invoquerons souvent dans nos peines, dans nos tentations, dans nos difficultés, dans nos petits découragements, pour obtenir, par la toute-puissante intercession du Bienheureux, la lumière, le courage et la vertu !

Oui, nous ferons cela et nous serons exaucés, mes chers enfants, car un Père ne peut rien refuser à ses fils en un jour comme celui-ci. Tournons donc nos regards vers lui et disons-lui :

« O Bienheureux Père, tous les petits enfants des Écoles libres d'Orléans sont réunis en ce moment à vos pieds pour fêter votre glorieuse Béatification et s'unir à tous les triomphes que vous décerne l'Église catholique.

« Daignez agréer nos hommages, car ils sont inspirés, tout faibles et tout timides qu'ils sont, par la reconnaissance et l'admiration.

« Exaucez toutes les prières que nous vous faisons en ce beau jour. Bénissez notre patrie, cette belle France qui ne sera sauvée que par une éducation sérieuse et chrétienne.

« Bénissez nos familles, bénissez ces bienfaiteurs innombrables à qui nous devons nos chères Écoles libres ; bénissez surtout vos enfants, les bien-aimés Frères des Écoles chrétiennes. Votre triomphe est leur triomphe ; votre gloire, leur gloire, puisque votre œuvre est leur œuvre. Rendez-leur en bénédictions tout ce qu'ils nous prodiguent de bienfaits, et faites que leur courage, au milieu des épreuves actuelles, non seulement ne faiblisse jamais, mais grandisse toujours et finisse par remporter la grande et nécessaire victoire.

« Enfin, bénissez-nous, faites de tous vos petits enfants d'Orléans des hommes de cœur, des Français sans peur et sans reproche, et surtout des chrétiens invincibles, afin que nous méritions tous d'être un jour réunis autour de vous dans le ciel, comme nous le sommes aujourd'hui sur la terre !

« Ainsi soit-il. »

LE BIENHEUREUX

JEAN-BAPTISTE DE LA SALLE

Tua, Pater, Providentia gubernat.
« O Père, votre Providence nous gouverne. »
(Sagesse, XIV, 3).

Mes Frères,

Il y a une Providence : Dieu gouverne chacun de nous. La sagesse et la bonté du Créateur requièrent qu'il dirige ses créatures dans la poursuite de leur fin. « Déposez donc dans le sein de Dieu, dit saint Pierre, toutes vos inquiétudes, parce qu'il a lui-même soin de vous (1). » Et, en effet, qui de nous n'a été souvent soutenu dans le bien ou retiré du mal par une main puissante qui ne pouvait être que la main de notre Père des cieux ?

Nous croyons à la Providence ; mais nous devons croire encore que, pour atteindre notre but, il nous faut correspondre à son action sur nous. N'est-il pas équitable que notre récompense ait pour principe, avec l'amour infini de Dieu, le bon usage de notre liberté ? N'est-ce pas parce que cette loi est méconnue d'un grand nombre d'hommes, « qu'il y a, selon la parole du Maître, beaucoup d'appelés mais peu

(1) Iᵉ Ép. de S. Pierre, v. 7.

3

d'élus (1) ». Et si nous voyons parfois deux âmes, comblées des mêmes prévenances célestes, s'en aller l'une dans les sentiers de la justice, l'autre dans les sentiers de l'iniquité, d'où cela vient-il, sinon de ce que la première a été fidèle aux grâces de Dieu et la seconde en a abusé ?

Ainsi, mes Frères, notre sanctification résulte du concours de Dieu et de notre volonté libre.

Cette vérité resplendit d'un vif éclat dans la vie du Bienheureux Jean-Baptiste de la Salle. Il est écrit : « Si quelqu'un m'aime, il gardera ma parole, et mon Père l'aimera, et nous viendrons en lui, et nous ferons en lui notre demeure (2). » Jean-Baptiste de la Salle a aimé Dieu, il a gardé sa parole, et il est devenu un sanctuaire de la divinité. Il est écrit : « Ne craignez rien, petit troupeau, car il a plu à votre Père de vous donner son royaume (3). » Jean-Baptiste de la Salle a élevé son cœur au-dessus de toute crainte, il a inspiré son courage à ses disciples, et aujourd'hui il contemple du haut du ciel ses enfants répandus par toute la terre. Il est écrit : « Tout est possible à celui qui croit (4)... Je puis tout en celui qui me fortifie (5). » Jean-Baptiste de la Salle s'est confié en Dieu, s'est appuyé sur Dieu, et il a fait des prodiges pendant sa vie, et il obtient des miracles après sa mort.

Le Bienheureux que nous fêtons, mes Frères, est donc vraiment l'homme de la Providence, non seulement parce qu'il a été suscité de Dieu pour une œuvre éminemment opportune, mais parce que l'un des traits caractéristiques, peut-être le plus remarquable, de sa vie, fut la constance de sa coopération à l'action divine.

Ayant à vous parler de lui ce soir, je ne vous dirai rien de

(1) S. Matthieu, xxii, 14.
(2) S. Jean, xiv, 23.
(3) S. Luc, xii, 32.
(4) S. Marc, ix, 22.
(5) S. Paul aux Philippiens, iv, 13.

ce qui fut l'objet de sa mission et de ce qui est son principal titre à la reconnaissance de l'Église et de la société : la création des écoles gratuites et la fondation de son Institut ; vous entendrez, demain, ces choses d'une voix plus digne que la mienne de les célébrer. Je ne vous raconterai pas non plus tous les traits de sa vie, je ne vous retracerai pas le tableau complet de ses vertus et de ses épreuves ; plusieurs discours ne suffiraient pas pour une pareille tâche. Je vous le montrerai simplement dans sa fidélité à la Providence ; et j'ai l'espoir d'être, par là, utile à vos âmes, puisqu'il n'y a pas de vertu qu'il soit plus nécessaire de pratiquer dans toutes les conditions, et qu'il n'y en a pas, en même temps, qui soit plus capable de nous conduire à la sainteté.

La Providence a deux manières différentes de se comporter à notre égard. Tantôt elle se manifeste et nous dirige ; tantôt elle se cache et nous éprouve. Lorsqu'elle se manifeste, elle réclame de nous l'obéissance ; lorsqu'elle se cache, elle attend de nous la confiance. C'est cette obéissance aux ordres venus du ciel et cette confiance au milieu des épreuves permises par le ciel, que nous allons étudier dans le héros de cette fête. Jean-Baptiste de la Salle fut fidèle à la Providence dans la direction qu'elle lui imprima ; il fut fidèle à la Providence dans les épreuves qu'elle lui envoya ; tel sera le partage de ce discours.

Ave, Maria.

I

Dieu se sert de tout pour nous faire connaître ses volontés. — Il agit directement sur notre âme en y déposant, dès l'enfance, des inclinations douces et fortes, que nous devons développer. — Il dirige les évènements extérieurs en vue de notre bien. — Il emprunte la voix de ses représentants auprès de nous, des dépositaires de son autorité, pour nous tracer notre route, — Enfin, il prévient ou il exauce nos prières en nous révélant ses desseins par des inspirations intérieures.

Heureuse, mille fois heureuse, l'âme attentive et docile à toutes ces conduites d'en haut !

Jean-Baptiste de la Salle eut ce bonheur.

Il naquit à Reims. Avec les premières lueurs de la raison, s'éveillèrent en lui des attraits de piété extraordinaires ; négligeant les amusements de son âge, il n'éprouvait de goût que pour les exercices pieux ; sa joie la plus vive était d'être conduit à l'église. Là, il se faisait expliquer les cérémonies sacrées ; bientôt il voulut y participer lui-même ; il envia et obtint la faveur de servir chaque jour la sainte messe. On pouvait dire de lui, comme du Sauveur, qu'il croissait tout ensemble en âge, en sagesse et en grâce devant Dieu et devant les hommes.

Qu'il est beau, mes Frères, le premier essor de l'enfant vers les choses nobles et saintes ! Qu'elle est suave, l'action de Dieu sur une jeune âme ! — N'en sommes-nous pas souvent les témoins, vous à vos foyers, et nous dans nos écoles chrétiennes ? — Avec quelle délicatesse l'Auteur de tout don parfait entr'ouvre une à une les facultés de sa petite créature ! Aussi, de quels soins il importe d'entourer cet enfant, afin qu'aucun souffle mauvais ne vienne contrarier l'épanouissement de son âme, développer les penchants au mal qui sont en lui, hélas ! avec les tendances au bien, et compromettre la sécurité de sa vie entière !

Ah ! mes Frères, l'obstacle à la fidélité du jeune âge, ne devons-nous pas convenir qu'il vient quelquefois de ceux-là mêmes qui devraient apporter le secours, des parents ; de parents sans foi qui ne savent pas fournir à leurs enfants l'aliment des pensées chrétiennes et des exercices religieux de la famille, de parents sans amour qui ferment à leurs enfants l'entrée de carrières saintes où Dieu voulait les rendre heureux. Pères et mères qui m'écoutez, vous comprenez mieux votre rôle qui est de seconder l'action de Dieu et de travailler ainsi au bonheur des fils et des filles qu'il vous a donnés.

Les parents de Jean-Baptiste de la Salle furent vos modèles. Ils menaient souvent leur fils à l'église, et quand celui-ci leur eut déclaré qu'il se sentait appelé à l'état ecclésiastique, estimant que cette vocation est l'honneur d'une famille, ils n'hésitèrent pas à lui permettre de recevoir la tonsure.

Jean-Baptiste avait alors onze ans. Le but élevé qu'il a désormais devant les yeux augmente son ardeur dans le travail et dans la piété. Sa vie est si édifiante qu'un chanoine de Reims se démet de son titre en sa faveur : il n'a que quinze ans. Quatre ans plus tard il est envoyé au Séminaire de Saint-Sulpice pour y terminer ses études.

Il a suivi jusqu'ici le chemin ordinaire ; on peut donc se promettre qu'il est sur le point de devenir un bon prêtre, qu'il sera un vertueux chanoine. Mais, voici que les desseins de Dieu se manifestent par des évènements qui vont bouleverser sa vie et, grâce à sa fidélité constante, lui révéler sa vocation particulière. Il sera ici encore l'enfant soumis de la Providence.

Il y avait à peine quelques mois que de la Salle était à Paris, lorsqu'il apprit la mort de sa mère. Neuf mois encore s'écoulèrent, et une autre nouvelle vint le foudroyer : son père a suivi sa mère dans le tombeau. Que va-t-il faire ? Continuer ses études, en les entremêlant de larmes et de prières pour ceux qui ne sont plus ? Ce serait l'attrait de son cœur ; mais il y a là-bas, à Reims, des frères et des sœurs, plus jeunes, qui ont besoin de lui. Il quitte Saint-Sulpice, où il ne sera resté que le temps d'y puiser l'esprit sacerdotal auquel on ne se forme nulle part mieux que là, et d'y préparer à son insu l'établissement de ses écoles pour l'avenir. Il revient dans sa ville natale.

Une lourde tâche l'y attend : une maison à conduire, des affaires multiples et délicates à administrer, des frères et des sœurs à élever ; et celui auquel incombent ces soins n'a que vingt-un ans ! Mais il n'est pas de ceux qui refusent de porter un fardeau lorsque ce fardeau est offert par Dieu ; aussi bien il compte sur l'assistance du ciel, et il se met courageusement à l'œuvre.

D'ailleurs, il ne renonce pas à sa vocation, et comme il a appris à Saint-Sulpice qu'il n'est pas sage d'entrer dans les ordres sans avoir reçu les conseils d'un homme prudent et pieux, il cherche autour de lui un directeur pour son âme. La Providence le lui fait trouver dans le théologal de Reims.

Oui, mes Frères, ce fut la Providence qui lui inspira ce choix. Ce théologal avait le zèle de la doctrine chrétienne, il avait même fondé déjà une Communauté de Sœurs vouées à l'éducation des enfants. Au contact de ce saint prêtre, Jean-Baptiste de la Salle éprouvera ses premiers attraits qui seront les premiers appels de Dieu vers une vocation semblable. Puis, à peine le disciple sera-t-il prêtre, que le directeur, comme si sa mission était terminée, quittera la terre, léguant à son fils spirituel son zèle et le soin de sa Communauté.

Enfin un jour, par hasard, dirait le monde, — nous dirons par une attention providentielle, — M. de la Salle rencontrera dans cette Communauté un homme venu pour étudier les moyens d'ouvrir à Reims des écoles gratuites de garçons. Le jeune chanoine mettra sa charité et son crédit au service de l'étranger ; il lui donnera l'hospitalité de sa maison ; il obtiendra à force de démarches, des autorités de la ville, qu'on ouvre une, puis deux écoles ; il logera même chez lui les premiers maîtres, et leur fera accepter un réglement de vie commune. Vous croyez, mes Frères, que, par tous ces soins, Jean-Baptiste de la Salle aura simplement rendu service à un homme et à une œuvre. Non, il aura fondé son Institut, sans le savoir, sans le vouloir, et uniquement parce qu'il se sera laissé conduire par la Providence.

Interrogez-le plutôt. Il affirme qu'il marchait sans soupçonner où le conduisaient ses pas ; il avoue que s'il eût entrevu le résultat final de ses démarches, s'il se fût vu lui-même à la tête d'une fondation, il en eût été effrayé.

Allez, allez, ô saint prêtre, vous êtes de ceux dont on peut dire : « Bienheureux ceux qui craignent le Seigneur et qui marchent dans ses voies ; vous mangerez les fruits de vos travaux, votre épouse sera comme une vigne féconde, vos enfants entoureront votre table (1). » O mes chers Frères, qu'il doit vous être doux de repasser ces origines de votre Institut ! En vérité, après que Dieu a montré aussi sensiblement sa main dans votre œuvre, que vous avez sujet de vous réjouir, et, quoi que les méchants tentent contre vous, que vous avez sujet de vous rassurer !

Jean-Baptiste de la Salle est dans sa voie. Nous ne pouvons le suivre, mes Frères, dans tous les pas de sa laborieuse carrière ; il suffit, pour le dessein que nous nous sommes tracé, que nous le voyions toujours fidèle à rechercher et à suivre les indications d'en haut.

Prêtre, Supérieur d'une association, lui qui a été conduit jusqu'ici par d'autres, devra désormais conduire les autres ; mais, trop sage pour ne pas se souvenir que l'homme, si haut placé qu'il soit, est sujet à beaucoup d'erreurs, qu'il a souvent besoin des lumières d'autrui et que Dieu est toujours son maître, il se fera une règle inviolable de ne rien entreprendre de grave, et de ne prendre aucune décision importante sans avoir demandé conseil. Ainsi ses dignités nouvelles feront ressortir davantage sa soif d'obéissance.

Il consulte d'abord le directeur de son âme. — Les maîtres

(1) Psaume cxxvii.

d'école sont pauvres, et le Bienheureux, dont le but est l'établissement de classes gratuites, ne pouvant leur promettre des richesses, les exhorte à pratiquer la confiance en Celui qui ne veut pas qu'on se préoccupe du lendemain ; mais lui qui parle ainsi, il est riche. Afin de prévenir cette objection, il a l'idée de se démettre de son canonicat. Son directeur l'approuve : il s'en démet. — Cet acte de renoncement lui attire les louanges de quelques hommes, les critiques du plus grand nombre ; pour détourner l'attention de sa personne, il songe à aller fixer sa demeure à Paris où d'ailleurs il pourrait faire plus de bien ; des hommes graves l'y poussent ; son directeur s'y oppose : il reste à Reims. — Enfin, il ne se sent pas digne de Jésus-Christ et capable d'accomplir sa mission, tant qu'il tiendra encore par quelque lien à la terre. S'il n'a plus son bénéfice, il jouit toujours de son patrimoine. S'en dépouillera-t-il ? Ce n'est pas l'avis de sa famille qui en sera humiliée ; ce n'est pas l'avis de ses disciples qui voudraient le voir leur ménager un peu de sécurité pour l'avenir ; c'est l'avis de son directeur : il vend ses biens, en distribue le prix aux pauvres pendant une année de famine, et se fait lui-même si pauvre qu'on le verra demander sa nourriture de maison en maison, et qu'un jour, après bien des rebuts, il recevra d'une bonne femme un morceau de pain fort bis qu'il mangera à genoux, par respect pour la Providence qui le lui a procuré.

Il consulte aussi ses disciples. — Les communautés, mes Frères, image de l'Église, sont des modèles de gouvernement. Le Supérieur, sans perdre son autorité, a autour de lui des conseillers, et c'est des lumières communes, implorées par la prière et inspirées par des vues surnaturelles, que naissent les décisions graves. Jean-Baptiste de la Salle eut bientôt reconnu qu'il ne pourrait pas longtemps maintenir ses maîtres d'école dans l'esprit de leur vocation, s'il ne donnait à leur vie une forme religieuse. Il réunit douze d'entre eux, les retint dix-huit jours en retraite, conféra avec eux de ce qui intéressait leur état, et, d'après leurs avis, rédigea quelques articles d'une première règle qui déterminait les vœux des maîtres, leur nom de *Frères*, leur habit. Plus tard, ces retraites se renouvelleront et il en sortira toujours des conseils autorisés, auxquels le fondateur se soumettra comme à des conseils d'en haut.

Il consulte enfin ceux qui sont ici-bas les mandataires directs de Dieu : les ministres sacrés. — Il attendra les ordres ou l'autorisation des Évêques pour établir ses écoles dans leurs diocèses. Partout où les Frères auront une résidence, il leur recommandera d'être les brebis les plus dociles du troupeau et de se prêter, autant que la direction de leurs classes et les règles de leur Institut le leur permettront, aux désirs des curés pour l'accomplissement du bien ; il leur en donnera lui-même l'exemple, notamment à Paris, où il aura le plus à travailler et à souffrir, et où ni les contradictions ni les injustices ne le porteront jamais à se départir de ses habitudes de respect et de soumission aux pasteurs. Et comme c'est à Rome que se trouve la source de toute autorité, il se fera un devoir et une joie d'envoyer une députation au Pape Clément XI, pour rendre hommage à la personne auguste du Pontife, lui exposer le dessein de son Institut, et lui en soumettre les règlements.

D'où vient donc, mes Frères, dans le Bienheureux de la Salle, cette défiance absolue de lui-même et cet empressement à rechercher les lumières des autres ? D'une vertu admirable qui est en lui : l'humilité. Son humilité est si profonde qu'il ne se résignera jamais à occuper le premier rang parmi les siens et qu'il s'efforcera à plusieurs reprises de faire élire un autre Supérieur à sa place ; mais en même temps son humilité est si sincère, qu'après des tentatives infructueuses, soumis à la volonté de Dieu, il restera dans sa charge et continuera de commander.

Là est le secret de sa force et l'explication de ses succès.

Il se rencontre des hommes dont l'intelligence est vaste et les moyens d'action puissants ; mais si ces hommes sont présomptueux et que toute leur confiance repose sur les ressources de leur génie ou de leur influence, ils auront souvent la honte d'échouer dans leurs entreprises ; du moins ne feront-ils rien de grand et de durable ; et c'est ainsi que Dieu se vengera d'avoir été méconnu ou méprisé. Qu'ils mettent au contraire leur espoir dans le Seigneur, et leurs œuvres réussiront, parce que Dieu trouvera sa gloire à faire éclater en eux sa puissance et mettra sa joie à les récompenser.

Il y a, mes Frères, dans la vie, des circonstances où notre esprit, sollicité par des attraits divers, éprouve des indécisions cruelles, où le sens des évènements nous échappe, où nos supérieurs ne se prononcent pas ; que faut-il faire alors pour ne pas manquer à la Providence ? Il faut la consulter directement par la prière et la pénitence.

Le Bienheureux de la Salle a été fidèle à ce devoir.

Sa vie, partagée par tant de soins, fut néanmoins une vie d'oraison ; il consacrait à la prière presque toutes ses journées et souvent une partie de ses nuits. Il n'était jamais plus heureux que lorsqu'il découvrait quelque part un endroit où il pût se soustraire à la conversation des hommes et lier plus librement conversation avec Dieu. A Reims, il avait loué un petit jardin solitaire et il aimait à s'y retirer pour prier ; il lui arrivait souvent aussi de se faire enfermer dans le lieu de la sépulture de saint Rémi et d'y passer la nuit dans l'exercice de la contemplation. A Vaugirard, il fit de son noviciat l'asile de la ferveur, et que de fois il y vint donner à ses Frères l'exemple de l'union continuelle avec Dieu ! Près de Rouen, un désert appartenant aux Carmes déchaussés le vit fréquemment dans les ravissements de la retraite. Sur la fin de sa vie, abreuvé d'amertumes, il trouvera ses délices à se cacher, seul avec Dieu seul, loin des regards mêmes de ses Frères, dans les provinces du Midi de la France.

A la prière, Jean-Baptiste de la Salle joignit les austérités corporelles. Enveloppé dans la haire ou dans le cilice, ou bien

portant une ceinture de cuivre garnie de pointes, il ne mettait
bas ces armes de la pénitence que pour en saisir d'autres
plus cruelles : des disciplines de fer, armées de rosettes poin-
tues ; il s'en déchirait le corps, et il arriva souvent que ses
enfants, pris de compassion pour leur Père, voulant lui soustraire ces instruments de supplice volontaire, les trouvèrent
teints de son sang.

Mes Frères, c'était là une manière bien éloquente d'appeler
Dieu à son aide ; aussi vous ne serez pas étonnés que Dieu
lui ait répondu en l'éclairant et en le soutenant.

Tel fut, mes Frères, pendant soixante-huit ans, à Reims, à
Paris, à Chartres, à Marseille, à Grenoble, partout où Dieu
l'appelait, enfin à Rouen, où il devait mourir, cet homme
admirable qui semblait avoir pris pour devise les paroles de
Notre-Seigneur : *Meus cibus est ut faciam voluntatem ejus
qui misit me Patris* : « Ma nourriture est de faire la volonté
de mon Père qui m'a envoyé (1). » Oui, la volonté de Dieu,
connue par les attraits de son cœur, par les événements de
sa vie, par les ordres de ses supérieurs, par les inspirations
envoyées à son âme, fut vraiment son pain quotidien ; elle fut
son unique règle de conduite.

Cette règle, d'ailleurs, n'est-elle pas noble et efficace entre
toutes les autres ? Ne lui devons-nous pas les plus grandes
âmes et les plus grandes œuvres dont l'histoire nous parle :
les âmes et les œuvres des saints ? — Dans le Bienheureux de
la Salle, elle a produit des résultats admirables. Elle lui a
donné une égalité d'âme parfaite : on le vit toujours tranquille
et confiant, et comment en eût-il été autrement ? Avec le
saint roi David, il pouvait dire : *Tenuisti manum dexteram
meam* : « Seigneur, vous me conduisez par la main (2). »
Cette règle lui a donné aussi la victoire, *vir obediens loquetur*

(1) S. Jean, IV, 34.
(2) Psaume LXXII, 24.

victoriam (1), la victoire par une sainteté éminente dans sa personne et par la réussite d'une œuvre dont les heureux effets vont se multipliant et s'affermissant tous les jours.

Et c'est, mes chers Frères, parce que votre Fondateur connaissait l'efficacité souveraine de la soumission à la volonté de Dieu, qu'il a voulu que l'esprit propre de votre Institut fût l'esprit de foi. Regardez le signe qu'il vous a donné : *une étoile ;* c'est l'astre qui brille au firmament et dont la lumière sert à guider le pilote, c'est le symbole de l'astre invisible qui éclaire vos âmes sur l'océan du monde, c'est le signe de la foi, *signum fidei.*

Et nous aussi, chrétiens, apprenons par l'exemple de Jean-Baptiste de la Salle à dire à Dieu, à chaque pas de notre vie : « Seigneur, que voulez-vous que je fasse ? » et, après que le Seigneur nous a répondu, ayons, comme ce Bienheureux, la sagesse de lui obéir.

II

Vous auriez, mes Frères, une idée incomplète de la vertu du Bienheureux de la Salle, si vous croyiez qu'il n'a rencontré dans la pratique de l'obéissance que des difficultés communes. J'ai à vous découvrir maintenant ce qui achève son mérite : sa fidélité à la Providence dans les épreuves qu'elle lui envoya.

Reconnaître Dieu lorsqu'il se manifeste et lui obéir lorsqu'il commande, c'est le devoir de toute âme chrétienne ; mais le reconnaître lorsqu'il se cache et avoir confiance en lui lorsqu'il nous abandonne, c'est le propre d'une foi éminente.

Eh quoi ! Dieu pourrait-il nous abandonner ?

Lisez, mes Frères, les vies des saints, lisez la vie du

(1) Proverbes, XXI, 28.

Sauveur Jésus. Dieu, vous le verrez, ne nous abandonne jamais ; mais il permet parfois que les obstacles se dressent devant nous et nous entourent, au point que le chemin nous paraît fermé de toutes parts, et alors même il se plait à suspendre son intervention sensible, au point que nous semblons privés de son soutien.

Ces obstacles ont un rôle dans le plan de la Providence.

Ils ont pour but d'abord d'éprouver notre foi. Il importe que Dieu reçoive le témoignage de la confiance à laquelle il a droit, et lorsqu'une âme, abîmée au sein des contradictions et n'en pouvant plus, croit à Dieu, l'aime quand même et lui dit : *Bonum mihi quia humiliasti me* : « Vous avez bien fait de m'humilier (1), » cette disposition est agréable au Seigneur, et l'épreuve fait resplendir le mérite de sa créature.

Les obstacles servent encore à purifier notre cœur. Notre pauvre cœur, mes Frères, est rempli de penchants au mal, et que de fois Dieu, dans la poursuite de ses desseins de miséricorde à notre égard, se heurte à nos mauvais instincts et nous voit contrarier son action ! Les difficultés, les souffrances, les peines, lorsque nous les supportons avec le courage chrétien, semblables à un feu dévorant, brûlent ces excroissances funestes de notre âme et nous rendent plus aptes à recevoir le règne de Dieu en nous.

Ne faut-il pas aussi que la force divine éclate partout ? et chez qui éclatera-t-elle plus sensiblement que chez les hommes qui, ayant à lutter contre les puissances conjurées de l'enfer et du monde, remportent la victoire et en font remonter l'honneur jusqu'à Dieu ?

Enfin, mes Frères, il faut que toute âme ressemble à Celui dont il est écrit qu'il devait souffrir avant d'entrer dans sa gloire. Il n'y a sur la terre de vertu achevée que la vertu crucifiée. Et combien ce crucifiement emprunte de fécondité à celui du Sauveur du monde ! Voyez-la, l'âme qui a passé par

(1) Psaume cxviii, 71.

le creuset de la douleur ; non seulement elle plane elle-même
sur les sommets de la vie surnaturelle, mais elle répand
autour d'elle la bonne et salutaire odeur de tous ses mérites.
Voyez-la, l'œuvre qui a été contredite ; elle plonge profondé-
ment ses racines dans le sein de l'Eglise et elle étend au loin
ses rameaux. Cela est si vrai, que les saints ont toujours con-
sidéré les épreuves d'une âme où d'une œuvre comme un
signe de la bénédiction céleste et un gage de fécondité pour
l'avenir

Tel fut en particulier l'esprit de Jean-Baptiste de la Salle et
vous allez vous convaincre qu'il eut pleinement l'occasion de
bénir Dieu et de prendre confiance, car les obstacles ne lui
manquèrent pas.

Ils lui vinrent de sa propre nature, du monde, de ses ennemis, de ses disciples, de ses supérieurs, de Dieu même.

La mission de Jean-Baptiste de la Salle était de fonder un
Institut de maîtres pour l'instruction de la jeunesse ; or, à
peine a-t-il entrepris ce dessein qu'une difficulté énorme se
dresse devant lui : il lui faudra vivre en commun avec ces
maîtres, partager leur nourriture et s'associer à leurs travaux,
et il éprouve pour ce genre de vie une horreur extrême. La
seule pensée qu'il fallait vivre avec eux, dit-il, m'était insup-
portable. Ce fut bien autre chose lorsqu'il dut s'accoutumer à
leur nourriture ; cette nourriture était grossière et le fondateur avait été élevé plus délicatement ; le premier jour qu'il
en voulut prendre, son cœur se souleva. Même répugnance
quand il s'agit de faire lui-même l'école. — Mais, mes Frères,
si la nature se révolte, la foi commande, et la foi est obéie
et la nature immolée. Jean-Baptiste de la Salle aimera tellement la vie commune, qu'il ne s'en affranchira jamais ; il
s'imposera une longue diète afin d'obliger son corps à recevoir
par besoin la nourriture que son dégoût éloigne ; il saura
s'enfermer dans une classe, humble et patient, au milieu
d'enfants ignorants et indisciplinés.

Déjà éprouvé par sa nature, Jean-Baptiste de la Salle eut encore à subir les censures du monde.

Le monde, c'était sa famille : elle fut irritée par son appauvrissement volontaire qui l'appauvrissait elle-même ; elle fut humiliée de voir s'introduire et habiter dans sa maison des hommes de condition commune. — Le monde, c'étaient ses amis : ils furent choqués de le voir, lui, homme de distinction, lui, chanoine, lui, docteur, embrasser un état de vie aussi humble, comme s'il voulait expier quelque crime par lequel il aurait déshonoré son caractère et son nom. — Le monde : c'était le public, cette foule curieuse et le plus souvent malveillante, dont l'unique soin est de surveiller la conduite d'autrui et qui cherche son passe-temps et trouve sa satisfaction à la critiquer. — De tous les côtés à la fois, il y eut contre Jean-Baptiste de la Salle un murmure de mécontentement et d'indignation ; les uns disaient : « C'est un fou qui poursuit un fantôme ; » les autres : « C'est un orgueilleux qui aime à faire parler de lui. »

De moins vertueux que lui, eussent succombé. Mais quoi ? le monde mérite-t-il qu'on s'inquiète de son jugement ! Est-ce Dieu qui parle par sa bouche, Dieu qui au contraire l'a condamné et maudit ? Jean-Baptiste de la Salle se défendit par le silence. Ce n'était pas qu'il fût insensible aux traits lancés contre lui par ceux qu'il aimait, mais le Saint-Esprit le conduisait : il méprisa le monde et suivit le Saint-Esprit.

Le monde ne pouvait que le critiquer. Le saint Instituteur rencontra dans sa vie des ennemis qui eurent un pouvoir plus efficace, le pouvoir même de l'enfer, dont ils étaient les instruments.

L'enfer ameuta contre lui les maîtres écrivains de l'époque. Sous le prétexte qu'il nuisait à leurs écoles en recevant dans les siennes des enfants de familles riches, ils le combattirent par des procès et par des mesures de violence.

L'enfer suscita contre lui un homme qui, pendant les

quinze dernières années de sa vie, l'abreuva d'outrages, le dénonçant injustement à ses supérieurs, cherchant à introduire la discorde au sein de ses communautés, prévenant contre lui les personnes charitables qui le soutenaient de leurs deniers, remuant tout pour le contraindre à abandonner la direction de son Institut, le forçant enfin à s'enfuir et à se cacher pendant quelque temps pour épargner aux Frères les persécutions que sa présence leur attirait.

L'enfer lui opposa les ennemis mêmes de l'Église : les Jansénistes. Ceux-ci, cherchèrent d'abord à l'attirer à eux en le flattant, en l'honorant, en l'invitant à leurs conférences ; puis, voyant qu'ils ne gagnaient rien sur son esprit, ils levèrent le masque de leur hypocrisie et se mirent à le noircir, à le décrier, à le diffamer ; des libelles remplis de calomnies furent répandus contre sa personne.

Au milieu de tous ces efforts de l'enfer, que devient, mes Frères, Jean-Baptiste de la Salle ? Il reste paisible, de cette paix sereine qui vient de la confiance en Dieu et qui est la meilleure preuve de l'innocence. Cité en justice, il y comparaît et y expose son droit, puis, condamné ou absous, il se retire tranquille. Dénoncé à l'autorité ecclésiastique, il lui explique ses actes, et il accepte d'avance sa décision. Calomnié, il se justifie, attristé seulement des désordres que le mensonge engendre dans les âmes et spécialement chez ses Frères, et il attend de Dieu que la lumière se fasse et que le mal se répare.

Comment taire maintenant une peine qui fut particulièrement douloureuse pour le cœur du Bienheureux ? Il vit, parfois, s'élever contre lui des enfants de son Institut.

Ah ! je m'empresse de le dire, ces fils prodigues furent en très petit nombre, et rien n'est touchant comme de voir le respect et la tendresse des premiers Frères pour leur fondateur et père. Mais enfin, Dieu permit que le saint Instituteur vit parmi ses disciples des hommes qui trahirent leurs serments ; des hommes, honorés de sa confiance et placés à la tête de maisons importantes, qui se séparèrent de lui, compromettant du même coup son œuvre tout entière ; des hommes qui se firent les complices de ses ennemis en l'accusant et en l'outrageant. Ah ! son cœur fut blessé ; mais cette blessure si sensible, ni ne le trouva dur pour les malheureux égarés qui la lui firent subir et qu'il chercha par tous les moyens à ramener à Dieu, ni ne le rendit défiant pour la Providence aux mains de laquelle il ne cessait de remettre tout son dessein et tout son avenir.

J'aborde les maux les plus terribles que le Bienheureux de la Salle eut à endurer. Ceux que je vous ai exposés ne sont rien à côté de ceux-ci. Qui est-ce donc qui va l'éprouver ? Qui, mes Frères ? Dieu lui-même.

Dieu éprouve son serviteur par l'impuissance apparente à laquelle il le condamne. — Voyez-vous cet homme étendu sur un lit de douleurs, agonisant, prêt à rendre l'âme ? C'est Jean-Baptiste de la Salle. Il ne fait qu'arriver à Paris, il a eu à peine le temps d'y fonder deux écoles, et le voici conduit par une maladie subite aux portes du tombeau. Autour de lui ses Frères se lamentent : quel va être leur sort ? qu'adviendra-t-il surtout de l'Institut naissant ? Cette question, le malade se la pose à lui-même, mais sans inquiétude, et, parfaitement indifférent pour la vie et pour la mort, il se résigne à la sainte volonté de Dieu.

Dieu lui laisse la vie, et il poursuit sa tâche, mais au milieu de telles difficultés, qu'au bout de dix ans de travaux, l'entreprise ne semble pas plus avancée qu'au premier jour. En vérité, Dieu approuve-t-il une œuvre qu'il contredit à ce point ? Le Bienheureux se pose encore cette question, il n'y répond point : la réponse est dans les secrets du ciel ; il se contente d'affirmer sa foi par un acte sublime. Il appelle à lui deux de ses Frères et il fait avec eux un vœu : le vœu de soutenir l'Institut jusqu'à ce qu'il soit fondé ou que Dieu ait

4

rappelé le dernier des trois. N'est-ce point là, mes Frères, de l'héroïsme dans la confiance ?

Mais écoutez des tentations plus délicates encore pour Jean-Baptiste de la Salle.

Dieu l'éprouve en permettant que la contradiction lui vienne de ceux-là même qui le dirigent en son nom.

Ici, mes Frères, afin de vous épargner tout scandale, je me hâte de vous rappeler que Dieu permet quelquefois ces luttes entre ses serviteurs, pour le bien de ses élus, et sans qu'il lui soit fait d'offense ni d'un côté ni de l'autre. Quelle n'est pas la faiblesse de l'esprit humain ! Quoi d'étonnant alors, si les plus sages ont souvent des manières différentes de concevoir le même dessein, de poursuivre le même but ? Mais de cette divergence d'opinions, il résulte un choc entre les volontés, qui devient une épreuve pour tous. D'ailleurs, si ce choc est supporté de part et d'autre avec l'esprit de foi et de charité chrétienne, il n'empêche pas le succès, tout au plus l'arrête-t-il momentanément. Quoi d'étonnant aussi, si les plus vertueux se laissent facilement prévenir ? Est-ce qu'ils ne sont pas précisément les moins enclins à se défier du langage si habile de la calomnie ? Mais ces préventions, si dangereuses déjà pour ceux qui les acceptent, deviennent pour ceux qui en sont les victimes une des tortures les plus cruelles, une des tentations les plus subtiles de découragement.

Jean-Baptiste de la Salle connut cette peine et cette tentation.

Elles lui vinrent souvent de ceux qui l'avaient appelé à la tête de leurs écoles. C'est que, fidèle gardien de ses règles, jaloux de conserver l'esprit religieux de ses disciples, obligé d'envisager les choses de plus haut que des intérêts d'une seule paroisse, il ne pouvait pas toujours condescendre aux désirs des pasteurs les plus dévoués à sa cause.

Un prélat qui l'aimait augmenta également ses croix. Rendu responsable auprès de lui des indiscrétions de zèle d'un de ses Frères, le Bienheureux se vit un jour déposé de sa charge. Ah ! le saint homme n'eut garde d'en appeler de cette sentence ; il avait tant de fois souhaité d'être délivré de son fardeau ! L'humilité et la soumission furent sa seule réponse à une mesure d'excessive rigueur, et il fallut toute l'énergie des Frères refusant de recevoir le maître qu'on essaya de leur donner, pour conserver au fondateur son autorité dans son Institut.

Enfin, mes Frères, cet homme si persécuté pendant sa vie devait recevoir un coup terrible avant sa mort. Il avait réussi à faire élire un supérieur à sa place et il s'était retiré à Saint-Yon, près de Rouen, dans ce noviciat où il désirait terminer sa carrière en formant ses jeunes disciples. Une épreuve suprême l'y visita. Accusé d'une faute qu'il n'avait pas commise, qu'il était incapable de commettre, il vit porter contre lui une peine sévère. Trois jours après, encore sous le coup de cette censure, Jean-Baptiste de la Salle était sur son lit d'agonie ; c'était le vendredi saint ; on l'entendit murmurer : « J'adore en toutes choses la conduite de Dieu à mon égard », puis il rendit le dernier soupir. A cette nouvelle, il n'y eut qu'un cri dans la ville de Rouen : « Le saint est mort ! Le saint est mort ! »

Oui, c'était un saint qui venait de mourir. Il avait reproduit fidèlement, autant qu'il est donné à une créature, les traits du Sauveur Jésus.

Comme son divin Maître, pouvant être riche, il s'était fait pauvre, il avait eu une prédilection pour les humbles de la terre, il avait dit : « Laissez venir à moi les petits enfants ; » il avait multiplié ses courses apostoliques, semant sous ses pas les bienfaits et même les prodiges, il avait fondé une Société par laquelle il devait continuer l'œuvre de sa vie.

Comme son divin Maître, il avait eu sa passion. Ah ! dans cette passion longue et douloureuse, il avait eu des Judas pour le trahir, des valets pour l'outrager, de faux témoins pour le calomnier, des Pilate pour le condamner, et il avait tout souffert, lui aussi, avec la douceur d'un agneau qu'on mène au supplice.

Comme son divin Maître, avant de mourir, jetant les yeux vers le ciel, il avait pu s'écrier : « Mon Dieu, mon Dieu, m'avez-vous donc abandonné ? » puis il avait ajouté : « Je remets mon âme entre vos mains ; j'adore en toutes choses la conduite de Dieu à mon égard. »

Oui, il était l'image du Rédempteur, et, pour achever la ressemblance, de même qu'en descendant du Calvaire, le centurion se frappa la poitrine et dit : « Cet homme était vraiment le Fils de Dieu », la Providence permit que ce fût celui-là même qui avait fait condamner le Bienheureux de la Salle, qui s'écriât le premier : « Le saint est mort! Le saint est mort ! »

Mais qu'entends-je? Ce n'est plus seulement la voix d'un homme, ce ne sont plus seulement les acclamations d'une ville ; c'est la voix de Dieu, qui proclame par la bouche de son Vicaire, que Jean-Baptiste de la Salle est Bienheureux dans le ciel ; et le monde entier, faisant écho à cette voix, s'écrie de toutes parts : « Bienheureux Jean-Baptiste de la Salle, priez pour nous ! »

Ah ! s'il a été fidèle à la Providence, la Providence lui est fidèle.

Elle n'a pas attendu ce jour, mes Frères. Cinq ans à peine s'étaient écoulés depuis la mort du Fondateur, que le roi de France Louis XV accordait à son Institut des Lettres-patentes. L'année suivante, le Pape Benoît XIII envoya à ce même Institut une Bulle d'approbation. Et depuis lors, les bénédictions continuèrent de descendre sur les Frères des Écoles chrétiennes ; ce fut la réalisation de la parole de nos saints Livres : « Si le grain de froment est jeté en terre et y meurt, il porte beaucoup de fruits (1). » Le Père avait été

(1) S. Jean, XII, 25.

immolé, le nombre des fils s'augmenta, leur ferveur s'accrût, leurs écoles se multiplièrent, et ces heureux fruits parvinrent jusqu'à nous ; aujourd'hui les Frères sont douze mille, ils élèvent quatre cent mille enfants ; et voici qu'à l'heure où l'enfer cherche, par toutes sortes d'embûches, à les détruire, Dieu inspire à son Église d'exalter celui qui leur a donné naissance.

Telle est la fidélité de la Providence ; elle veut nous animer tous de courage et de confiance.

Oui, courage, mes chers Frères, et puisqu'il convient de vous faire entendre un langage digne de vous, courage dans le renoncement à vous-mêmes, courage dans les pratiques austères de votre vie religieuse, courage dans le support du mépris et des insultes, courage dans le dévoûment, courage ! et confiance ! Du haut du ciel, votre Bienheureux Père vous sourit et garde votre Société !

Et vous aussi, chrétiens, courage dans votre fidélité à envoyer vos enfants dans ces écoles où ils apprendront, sous l'aimable empire de la religion, à vous aimer plus tendrement, à vous respecter plus noblement, à vous assister plus généreusement ; courage dans votre zèle à soutenir de vos prières et de votre argent l'œuvre de l'éducation chrétienne, qui est la consolation de l'Église et l'espoir de la patrie ; courage ! et confiance ! Du haut du ciel, le Bienheureux de la Salle vous bénit et protège vos familles.

Courage et confiance, mes Frères, qui que nous soyons, prêtres, religieux, parents et enfants ; Dieu ne fait rien sans but ; il a voulu que Jean-Baptiste de la Salle fût glorifié parmi nous ; Dieu est donc avec nous : qui sera contre nous ?

PANÉGYRIQUE

DU BIENHEUREUX

JEAN-BAPTISTE DE LA SALLE

Qui ad justitiam erudiunt multos, fulge-
bunt quasi stellæ in perpetúas æternitates.
« Ceux qui enseignent à plusieurs les voies
de la justice brilleront comme des étoiles durant l'éternité. »

(Daniel, xii, 3.)

Messeigneurs (1),
Mes Frères,

Les saints sont les chefs-d'œuvre de Dieu, et leur beauté
est telle qu'à côté toute autre beauté pâlit. Il en est pourtant
parmi eux dont la physionomie est, je ne dis pas plus belle,
mais plus imposante : ce sont les fondateurs d'ordres. Appelés
à manifester, sous des formes nouvelles, l'inépuisable fécondité de l'Église, à bâtir, au milieu de ce torrent des siècles
dont les vagues mobiles et pressées emportent tout, des édi-
fices impérissables, il semble qu'ils ont reçu de Dieu des
dons plus grands que les autres hommes : des vues plus
profondes, des énergies plus victorieuses, et je ne sais quel

(1) S. G. Mgr Coullié, Évêque d'Orléans.
   S. G. Mgr Bougaud, Évêque de Laval.

charme qui fait que, dès qu'ils apparaissent, les âmes vont à eux comme si, depuis longtemps, elles les attendaient. Les uns, pour expier les péchés du monde, fuient dans la solitude, et, victimes volontaires, font de leur vie un holocauste à la justice de Dieu ; les autres, voyant la vérité outragée, lui préparent, dans l'étude et dans la prière, des champions et des vengeurs ; d'autres, pour reculer les frontières du royaume du Christ, parcourent le monde, et entraînent à leur suite des légions de disciples enflammés comme eux des ardeurs conquérantes de l'apostolat ; d'autres enfin, apercevant l'humanité avec ses misères, ses plaies, les larmes qui ruissellent de ses yeux, sont pris d'une immense pitié pour elle, et ils lui envoient dans ses mansardes, dans ses hôpitaux, dans ses bagnes, partout où elle souffre, des anges consolateurs.

Grands hommes s'il en fut jamais, ils dominent leur siècle ; et, soit par leurs vertus privées, soit par les familles religieuses qu'ils suscitent et pénètrent de leur esprit, ils exercent sur la vie des peuples une influence immense ; en sorte qu'on peut dire qu'ils sont ici-bas les plus puissants auxiliaires de Dieu et les plus grands bienfaiteurs des hommes.

J'ai, mes Frères, à vous parler aujourd'hui de l'un de ces hommes extraordinaires. Il a fondé ici-bas une des œuvres les plus modestes en apparence, les plus sublimes en réalité. Son histoire n'est guère que l'histoire de ses souffrances, et j'avais d'abord songé, pour tout partage de ce discours, à vous montrer, d'un côté, une existence brisée, de l'autre, une œuvre immortelle. Mais l'humiliation et la gloire, le sacrifice de l'homme et le succès de l'œuvre, sont liés dans la vie du Bienheureux de la Salle d'une façon si intime et s'entrelacent si divinement, que je n'ai pas voulu les séparer même par la parole. Aussi ne ferai-je que suivre leur développement parallèle, et vous montrer quelles vertus et quels sacrifices ont marqué l'origine de l'œuvre et en ont provoqué l'épanouissement.

Monseigneur, il y a quelques mois, vous assistiez, à Rome, à une fête triomphale. Les cloches de Saint-Pierre jetaient aux échos des sept collines et semblaient envoyer au monde entier leurs notes joyeuses. Dans une salle étincelante de lumières, des représentants des deux mondes, évêques, cardinaux, ambassadeurs, étaient rangés autour d'un autel. Sur cet autel étaient les restes d'un humble prêtre français. Le Pontife suprême abaissait devant lui la majesté de son sacerdoce et lui offrait le premier hommage de l'Église. Quand il eut longtemps prié, Léon XIII se releva, et, se tournant vers vous et vers les autres évêques : « Messeigneurs, vous dit-il, voilà un beau jour pour la France. » Il avait raison. C'était un beau jour, c'était, après tant de jours sombres, un jour radieux que celui où la France voyait ainsi couronner par la main de l'Église un de ses plus glorieux enfants. Aussi l'émotion la saisit : les cloches de Rouen, de Reims, de Bordeaux, de Toulouse, de Paris, firent écho à celles de Rome ; les foules se précipitèrent dans les sanctuaires et s'agenouillèrent à leur tour devant l'humble prêtre qui avait, il y a deux siècles, préparé des maîtres à leurs enfants. L'éloquence, la poésie, la religion, lui offrirent à l'envi leurs hommages. Vous venez, mes Frères, lui apporter les vôtres aujourd'hui, et il semble que la Providence n'ait ramené près de notre cher Évêque son illustre frère de Laval que pour qu'Orléans fût ici tout entier et avec tout son cœur. C'était juste. Depuis plus d'un siècle, les fils du Bienheureux forment les vôtres ; lui-même, il y a cinquante ans, est apparu dans vos murs à une humble fille, et a préparé, par un éclatant miracle, son triomphe d'aujourd'hui.

O Bienheureux, vous êtes donc bien chez vous ici. Vous y trouvez des âmes qui vous connaissent et qui s'ouvrent joyeusement à l'admiration, à la reconnaissance et à l'amour. Seulement il faudrait d'autres lèvres pour vous louer. Puisque cet honneur était réservé aux miennes, inspirez-leur des paroles ardentes et contenues, libres et réservées. *Ave, Maria.*

I

L'enfant, mes Frères, a sur son front tous les charmes. Placé entre un passé dont il est l'héritier et un avenir dont il est l'espérance, il concentre en lui toutes les sollicitudes de l'Église et de la Patrie. Mais si tout enfant est digne d'intérêt, combien plus l'enfant du peuple ; combien plus cet enfant dont le père est tout le jour à la glèbe ou à l'atelier, dont la mère elle-même, arrachée peut-être à son foyer par la misère, n'est pas là pour l'égayer de son sourire et lui prodiguer ces soins délicats dont il a besoin plus encore que de pain ; combien plus cet enfant que le travail va saisir dès l'âge de douze ou treize ans et mener, pour ainsi dire, haletant et de fatigue en fatigue, jusqu'au tombeau ! Aussi l'Église a-t-elle toujours eu pour lui des prédilections maternelles. Elle s'est souvenue que quand son Dieu s'était montré dans les vertes campagnes de la Galilée, ses premières bénédictions et ses premières paroles avaient été pour lui. Elle s'est souvenue que ses apôtres étaient allés d'abord, non pas dans les palais et les académies, mais dans les caves, dans les greniers, dans les prisons, dans les catacombes, donner au peuple leurs premières leçons. Aussi, dès qu'elle l'a pu, non seulement elle a offert, dans ses Universités, des maîtres illustres aux fils de grande famille, mais elle a ouvert, dans les villes à l'ombre de ses cathédrales, dans les campagnes à l'ombre des presbytères, des écoles aux enfants du peuple.

Ceux-là nous calomnient donc étrangement qui font de nous des partisans de l'ignorance. Loin d'y voir pour la foi et la moralité des classes populaires une garantie, l'Église y a toujours vu un péril : « *Ignorantia omnium origo malorum præsertim in eis qui fabrili operæ dediti sunt* (1). »

Il faut, cependant, l'avouer : malgré les efforts de l'Église, malgré les dévoûments de ses prêtres, jusqu'au XVIIe siècle, l'enseignement populaire n'est pas fortement organisé. Les méthodes sont imparfaites, les maîtres, pour les petits garçons du moins, sont rares, et la charité des fidèles ne trouve pas un secours suffisant dans leur courte science et leurs dévoûments à gage.

Plus que jamais, pourtant, il importe que le peuple soit instruit.

L'imprimerie est découverte ; l'esprit humain, comme une terre vierge, se couvre, depuis deux siècles, de fleurs et de fruits au souffle fécondant du génie antique ; la curiosité intellectuelle est éveillée ; la pensée ouvre ses ailes ; la vérité, l'erreur, vont promener à travers le monde en deux larges courants, l'une ses eaux pures, l'autre ses eaux fangeuses, et les temps approchent où grands et petits voudront y boire.

Ajoutez qu'une révolution sociale et politique se prépare. Un siècle encore, et le sol va trembler ; les anciennes institutions vont tomber par terre ; les classes populaires vont arriver à la vie publique, ardentes, avides, surexcitées par la philosophie incrédule du XVIIIe siècle, pleines de vie, mais pleines aussi de rancunes, le cœur gonflé de colère, regardant l'horizon, et rêvant un avenir magnifique sur des débris.

Ah ! venir à ce peuple ; instruire ses enfants ; leur apprendre non pas seulement un peu d'écriture, d'orthographe et de calcul, mais ces vérités supérieures qui sont la règle, la force et la consolation de la vie ; discipliner leurs passions naissantes ; former leur conscience ; leur inspirer l'amour du devoir, l'énergie du sacrifice, l'habitude de l'obéissance et du travail, et, devant cette vie qui s'ouvre pour eux si sombre,

(1) Benoît XIII.

leur prêcher la résignation et la patience ; les entretenir d'une vie immortelle où Dieu leur réserve des récompenses et des dédommagements; en un mot, les pénétrer des principes chrétiens, par eux atteindre leurs familles, et ainsi fortifier les liens moraux et religieux à la veille du jour où les autres allaient être rompus, ce n'était pas seulement une œuvre sublime, c'était une œuvre opportune s'il en fut jamais.

Mais, pour cette œuvre, il fallait des ouvriers.

Dieu me garde, mes Frères, de calomnier le dévoûment laïque. A Orléans surtout, ce serait une injustice et une ingratitude. Il y a dans le monde des instituteurs et des institutrices admirables que j'entoure de tout mon respect, je ne dis pas assez, de toute ma vénération ; il y a des instituteurs et des institutrices qui comprennent la sublimité de leur mission et qui la remplissent avec un désintéressement, un courage, un dévoûment, qui les honorent autant qu'ils glorifient Dieu. Le Bienheureux était si loin de redouter de tels maîtres qu'il tentera trois fois lui-même de les susciter et préludera ainsi à l'institution des écoles normales. Mais enfin, qui ne voit tout ce que l'esprit religieux ajoute aux qualités natives ? Qui ne voit que nulles mains ne sont mieux faites pour recevoir ces âmes d'enfants qui sortent à peine des eaux de leur baptême que des mains consacrées ? Et ne faut-il pas être aveuglé par les préjugés pour ne pas comprendre que des jeunes gens, que des jeunes filles, qui ont renoncé aux biens de ce monde, qui ont fait vœu de pauvreté, ont au cœur des dévoûments plus désintéressés et une sorte d'affinité divine avec ces pauvres dont ils ont par choix embrassé la condition ? Ne faut-il pas fermer les yeux pour ne pas voir que des cœurs vierges qui ont renoncé aux douces joies de la famille ont une plénitude, une délicatesse d'amour, que n'ont pas aussi facilement des cœurs partagés ; et qu'enfin, ces habitudes de piété que crée la vie religieuse sont, de tous les moyens, le plus efficace pour entretenir sans cesse en soi le dévoûment que l'éducation suppose? Car ce n'est pas un dévoûment ordinaire, c'est un dévoûment incessant, sublime, qu'il faut pour s'intéresser à de petits enfants qui ne sont pas les vôtres, à de petits enfants mal vêtus, malpropres quelquefois; pour supporter leur légèreté, leur insubordination, leurs caprices; pour guider, pendant des semaines, des mois, leur main sur le papier ; pour balbutier, mille fois, les mêmes sons à leur oreille ; pour s'enfermer avec eux cinq ou six heures et plus par jour dans une atmosphère lourde et viciée; pour rajeunir une ardeur qui s'alanguit par la monotonie et la répétition même; pour passer de ces enfants une fois formés à d'autres ; pour recommencer, chaque année, les mêmes fatigues et les mêmes sacrifices, et tourner, pendant trente, pendant quarante ans, dans leur cercle sans fin ; et on ne peut prétendre qu'il soit inutile, et, en tout cas, qu'il ne soit pas beau de préluder à de tels dévoûments par une grande immolation de soi-même et une consécration totale de sa vie à Dieu.

C'est là, mes Frères, ce que comprit le Bienheureux de la Salle. Il fut saisi par la généreuse pensée d'élever l'enfant du peuple, de l'élever gratuitement, de l'élever chrétiennement, de lui ouvrir des écoles, et, à la tête de ces écoles, de mettre des hommes consacrés à Dieu, en un mot de confier l'enfance et le malheur — ce qu'il y a de plus sacré en ce monde — à ces deux institutrices immortelles : la Religion et la Charité.

Comment Dieu l'avait-il préparé à cette mission, et comment s'y prépara-t-il lui-même ?

Ah! mes Frères, que la Providence est ingénieuse et délicate, et qu'elle sait faire de sublimes rapprochements ! C'est au sein des classes aristocratiques qu'elle prend le futur éducateur des pauvres ; c'est parmi les docteurs qu'elle prend l'organisateur de l'enseignement primaire. Et, afin de montrer que la science et la religion sont sœurs, et que des lèvres consacrées pour prêcher les sublimités du dogme ne se déshonorent pas en enseignant à des enfants les éléments des lettres humaines, elle veut que cet instituteur du peuple soit prêtre, et prêtre accompli ; pour cela, elle le mène, jeune encore, à ce célèbre Séminaire de Saint-Sulpice où il semble que soit réalisé, autant qu'il peut l'être ici-bas, l'idéal du sacerdoce, et que Léon XIII proclamait lui-même une florissante école de science et de vertu. Et, afin que l'amour que peut inspirer l'Église pour le pauvre, pour le peuple, éclate dans toute sa beauté, elle accumule sur sa tête tous les honneurs : un grand nom, une grande fortune, une dignité enviée dans l'un des plus illustres Chapitres, et, un jour, elle lui demande de tout sacrifier.

Le Bienheureux ne découvrit pas d'abord dans toute sa largeur le dessein divin. Dieu ne leva que peu à peu le voile qui lui cachait l'avenir. Il lui fit voir d'abord les écoles gratuites de filles qui s'ouvraient de toutes parts ; il fit passer sous ses yeux, puis disparaître, comme d'imparfaites ébauches, les écoles gratuites de garçons qu'avait en vain tenté de fonder un éminent religieux (1). Il amena dans sa maison quelques jeunes hommes pour en renouveler l'essai. Le Bienheureux les vit de près à l'œuvre ; il reconnut les lacunes de leur enseignement, les lacunes de leur propre vie ; le sublime idéal se dégagea peu à peu à ses yeux, puis, tout à coup, comme un artiste de génie, qui a vu ses élèves promener sur le marbre une main hésitante et malhabile, soulevé par l'inspiration, prend le ciseau de leur main et réalise un chef-d'œuvre immortel, lui aussi il conçoit un enseignement plus large et plus fécond, et dans ceux qui le donnent, une vie plus parfaite, et il se décide à fonder l'un et l'autre. Le 24 juin 1682, il quitte la maison de ses ancêtres, devenue un berceau trop étroit pour sa nouvelle famille : il en loue une autre plus vaste, et il y entre avec ses disciples.

Alors, mes Frères, s'engagea dans son âme une de ces

(1) Le père Barré.

luttes terribles qui décident de la vie. Il lui sembla voir surgir derrière lui son passé avec tous ses riants souvenirs : les joies de son enfance ; les pures et ardentes affections de sa jeunesse ; ces richesses qui avaient été l'instrument facile de sa charité ; ces honneurs qui étaient venus le chercher d'eux-mêmes à quinze ans ; ces relations distinguées qui sont un des charmes de l'existence ; ces confrères qui l'aimaient ; ces frères, ces sœurs, dont il était l'aîné et qui n'avaient plus que lui ; ses loisirs, sa liberté ; toutes ces douces choses dont le magique tissu avait jusque-là enveloppé et réjoui sa vie... Et, en face, l'abjection, la pauvreté ; une nourriture grossière ; des travaux incessants ; une servitude continuelle ; une responsabilité terrible ; l'étonnement de ses compatriotes ; l'opposition de ses confrères et de ses proches ; et, enfin, un redoutable inconnu !... Il mesura toute l'étendue du sacrifice, il en savoura d'avance toute l'amertume, et il l'accepta.

Il commence par renoncer à sa dignité et, avec elle, aux revenus qu'elle lui assure. A peine a-t-il fait part de son projet, qu'une véritable coalition se forme contre lui ; sa famille le supplie de ne pas la déshonorer par un acte humiliant ; ses confrères, ses amis, le pressent de s'arrêter dans une voie où il ne rencontrera que le mépris ; prières et reproches, menaces et promesses, tendresses et colère, on emploie tous les moyens pour l'ébranler. Il ne fléchit pas un instant. Une seule chose l'arrête : il désirerait le consentement de l'archevêque, et l'archevêque a déclaré qu'il ne le donnerait jamais. En vain il a frappé plusieurs fois à sa porte, elle est toujours restée fermée, et il lui a fallu se retirer devant des refus obstinés. Désolé, ne voyant plus de ressources qu'en Dieu, il court à la cathédrale, il se jette à genoux sur ces dalles où il a tant de fois prié et pleuré. Il y reste plusieurs heures, immobile, versant des torrents de larmes et conjurant Dieu de ne pas lui refuser la liberté du sacrifice. Il se relève ; il retourne à l'archevêché ; cette fois, la porte s'ouvre, le prélat est vaincu,

le sacrifice est accepté... Hors de lui, il vole vers ses frères, il
les réunit dans son oratoire, et, ne pouvant plus contenir une
joie qui déborde, il entonne un *Te Deum* d'actions de grâces.

Entré dans cette voie héroïque, il ne recule plus. Il a
renoncé aux honneurs, il veut renoncer à ses biens. Il est
trop délicat pour humilier plus longtemps ses disciples par le
contraste de sa richesse et de leur indigence, et il est décidé
à ne porter au service des pauvres que les seules richesses
d'un amour immense et d'un dévoûment sans bornes.

Il ne peut, pour se dépouiller de tout, choisir un moment
plus propice. La famine alors désole Reims et les environs.
Des troupes de mendiants arrivent de la campagne, sortent
de tous les quartiers de la ville et en parcourent les rues.
Il leur ouvre sa porte, il leur fait l'aumône du matin au soir,
et il la leur fait si largement qu'un jour arrive où il n'a plus
une obole pour continuer ses saintes prodigalités, et il reparaît
au milieu de ses disciples avec la fierté délicate d'être aussi
pauvre qu'eux. « Je n'ai plus rien, dit-il gaîment ; le pis qui
puisse arriver, ce sera d'aller à notre tour demander l'aumône. Eh bien ! s'il le faut, nous le ferons. »

Il le fallut, et il le fit... Un jour, dans un voyage, il en
fut réduit à solliciter la charité publique. Il frappa à bien des
portes avant de l'émouvoir, mais enfin une pauvre femme eut
pitié de ce mendiant qui paraissait plus misérable qu'elle-
même, et elle lui donna un morceau de pain noir. Il se mit
à genoux pour le manger. Jamais il n'avait été si heureux...
Cette fois la nature était définitivement vaincue, et aucun
enfant, quelque pauvre qu'il fût, ne pouvait, à l'avenir, rougir
de son dénûment en paraissant devant lui.

Mais si son humilité triomphe, le monde, qu'il brave si
fièrement, murmure et ne comprend rien à une pareille folie.
Comment, lui prêtre, ensevelir sa vie avec de pauvres laïques !
lui, docteur, se faire maître d'école ! lui, fils de grande
famille, riche prébendé, se dépouiller de tout et en être
réduit à mendier son pain !... Évidemment la dévotion lui a

tourné la tête. Aussi on ne garde plus de mesure : ce ne sont
plus seulement des plaintes, des critiques, que provoque sa
conduite, c'est la raillerie, c'est le dédain. Dès qu'il paraît
dans les rues avec ce costume que le temps, que la vertu
surtout a consacré, mais qui alors semble étrange, on le
montre du doigt ; les enfants le poursuivent avec des cris,
des pierres, de la boue, et la populace le salue de ses éclats
de rire et de ses huées insolentes.

Il boit à longs traits l'humiliation, il s'en abreuve, si je
puis ainsi dire ; et non content des humiliations que lui offrent
les hommes, il en recherche lui-même d'autres avec une
sorte d'avidité sacrée. Il partage déjà la société de ses frères :
il veut partager leur nourriture. Au premier abord, toutes ses
délicatesses aristocratiques se révoltent, la nature frémit, son
cœur se soulève, et, pardonnez-moi ce détail, il vomit jusqu'au
sang... Il lutte en vain pendant trois jours, mais il ne cédera
pas. Il n'accordera à la nature rebelle aucun autre aliment, et
il faudra bien que, pressée par la faim, encore une fois, elle
s'avoue vaincue.

Avec un caractère de cette trempe, aucune austérité, mes
Frères, ne peut plus vous étonner.

Sachant que rien de grand ne se fait ici-bas sans le sacrifice, qu'aucun édifice ne subsiste si on ne met sur ses
assises, comme un ciment indestructible, des sueurs, des
larmes et du sang, et que toutes les grâces, toutes les gloires
du monde régénéré découlent d'une grande immolation, il est
résolu à faire de sa vie un holocauste et de son corps une
victime.

Il prend une ceinture de cuir garnie de pointes de fer et
s'en presse les reins ; il couvre ses épaules d'un cilice ; il arme
ses mains de fouets et déchire sans pitié sa chair. En vain
ses disciples lui dérobent ses instruments de pénitence : il
les retrouve ou il les remplace. « Si les murailles pouvaient
parler, dit un de ses historiens, que ne diraient-elles pas des

5

pieux excès: dans lesquels le jetait l'ivresse du vin nouveau qu'il commençait à goûter? » Ce vin, c'était le vin de l'amour et du sacrifice ; il le boira toujours, et il ne reviendra jamais de cet enivrement-là. Chaque matin, il sort de sa cellule le corps ensanglanté, mais l'âme libre et joyeuse. Et, quand il y rentre le soir, après une journée de travail et de fatigue, c'est pour recommencer ses macérations. Il prend quelques heures de sommeil assis sur une chaise ou étendu sur le carreau ; le reste de la nuit se passe dans la pénitence ou dans de longues et ardentes contemplations.

Je me demande, mes Frères, si j'ai raison de vous dire ces choses ; mais oui : est-ce que l'Église met des voiles sur sa croix nue et sanglante ? Est-ce que le Crucifix ne présente pas perpétuellement au monde des pieds, des mains percés, un front meurtri et des plaies saignantes ? Il ne servirait à rien de farder nos saints ; il faut les présenter tels qu'ils sont avec leur héroïsme et leurs sublimes folies ; leur mâle vigueur ne peut d'ailleurs que faire rougir notre mollesse et raffermir notre courage.

Chers Frères, voilà votre berceau : il est, vous le voyez, plein de larmes et de sang. Voilà vos origines : une œuvre sublime, opportune, mais incomprise d'abord, contestée, comme toutes les œuvres de Dieu. La foi, l'amour le plus pur de l'humanité, le patriotisme le plus élevé, l'ont inspirée au Bienheureux. Il s'est, pour se rendre digne de l'accomplir, dépouillé de tout ; il s'est offert à Dieu les mains vides, le corps meurtri, le cœur plein d'un grand amour et prêt à tous les sacrifices. Il me reste à vous montrer comment, après l'avoir conçue, il la réalise ; comment il l'organise, la répand et la fonde définitivement.

Mais avant d'aborder cette seconde considération, permettez-moi de jeter un coup d'œil sur le siècle et sur le milieu où cette nouvelle œuvre surgit.

Nous sommes en 1686. Louis XIV est dans le plein rayonnement de sa gloire. Condé, Turenne, ont fait trembler l'Europe ; les victoires de Rocroi, de Fribourg, de Lens, de Nordlingen, du Saint-Gothard, de Sénef, pour ne nommer que les principales, ont jeté sur nos armes une gloire impérissable. Des artistes de génie semblent avoir retrouvé le ciseau et le pinceau de la Grèce pour embellir le Louvre et orner Versailles. Bossuet a fait entendre à la cour les accents les plus sublimes qu'eût fait entendre depuis des siècles l'éloquence chrétienne ; Fénelon a enchanté la France de sa langue harmonieuse ; Corneille a offert à son admiration des types d'héroïsme qui l'ont fait pleurer ; Racine a dit toutes les délicatesses, toutes les tendresses, et aussi tous les égarements du cœur dans des vers où revit le génie antique avec sa beauté sereine et mélodieuse ; Molière a peint les travers de la nature humaine avec une verve et une profondeur qu'aucun poète, avant lui, n'avait égalées ; les lettres, les arts, forment autour du front du grand roi une auréole resplendissante ; des tristesses pourront le voiler au soir de sa vie, comme des nuages obscurcissent parfois le soleil à son déclin ; il ne se couchera pas moins dans une gloire immortelle.

Et cependant, mes Frères, ce n'est pas ce côté du grand siècle qui m'émeut le plus.

En 1634, quatre ans avant la naissance de Louis XIV, un humble prêtre avait fondé l'Institut des Filles de la Charité. Cinquante ans plus tard, un autre prêtre, son frère par le cœur, fondait l'Institut des Frères des Écoles chrétiennes. Je ne crains pas de le dire : ils avaient fait l'un et l'autre une œuvre plus grande que toutes ces œuvres du génie que je rappelais tout à l'heure. Et quand, au milieu de ce peuple de statues, entre ces monuments consacrés par l'art, entre ces guerriers, ces orateurs, ces poètes, j'aperçois avec sa cornette blanche, avec son regard franc et pur, allant à sa mansarde ou à son hôpital, cette jeune fille qui unit à des tendresses virginales des dévoûments maternels ; quand j'aperçois dans sa petite salle d'école, sous son humble manteau, ce

jeune homme qui balbutie à l'enfant du peuple les premiers
éléments des sciences humaines, et lui apprend à aimer son
père et sa mère, son pays et son Dieu, ce n'est plus seulement de l'admiration que j'éprouve, c'est de l'attendrisse-
ment ; et, si je suis fier d'œuvres où rayonne dans toute sa
beauté le génie de la France, je le suis plus encore d'œuvres
où se déploie dans toute sa magnificence la charité de son
grand cœur.

II

Concevoir une œuvre féconde qui devienne une des formes de la charité catholique, une des manifestations de la vie de l'Église, c'est quelque chose ; mais qu'il y a loin de ce rêve généreux à sa réalisation ! Pour qu'il ne s'évanouisse pas dans un enthousiasme passager, il faut lui donner, pour ainsi dire, un corps dans une institution ; cette institution, il faut en tracer les lignes, en fixer les règles ; il faut l'adapter aux besoins de la société, et non pas seulement à ses besoins éphémères, mais à ses besoins permanents ; il faut enfin l'animer, lui communiquer la vie, et une vie si puissante qu'elle résiste à toutes les attaques et se perpétue à travers les âges. Vous entrevoyez de suite, mes Frères, quelles qualités exceptionnelles sont nécessaires au fondateur : un sens profond pour discerner les vrais besoins de l'Église et y proportionner les secours ; un attrait surnaturel qui groupe autour de lui des coopérateurs ; une sympathie communicative qui lui permette de verser son âme dans leur âme et de les remplir de son esprit ; un courage indomptable qui ne se laisse arrêter par aucun obstacle ; enfin, et par-dessus tout, une union à Dieu, un abandon à sa providence, qui mêlent l'action divine et l'action humaine et les fassent converger harmonieusement au même but. Or, toutes ces qualités, le Bienheureux de la Salle les a — vous allez le voir — à un degré supérieur.

Le bon sens, il en a jusqu'au génie. Je ne prétends pas qu'il saisisse toute la portée de son œuvre, qu'il perce l'avenir, entrevoie l'avènement des classes populaires à la vie

publique et les tragiques destinées qui les attendent ; non,
son regard ne va pas si loin. Mais il faut, — autrement il
resterait tranquille à sa stalle dans la cathédrale de Reims, —
il faut qu'il rêve leur avènement à une instruction plus large,
plus générale, à une moralité plus éclairée, à une vie chrétienne plus intense. Ne craignez pas pourtant qu'il se laisse
égarer par de brillantes chimères et de généreuses utopies.
L'enfant qu'il veut instruire et former, c'est l'enfant du peuple.
Or, cet enfant qui sera l'ouvrier de demain, que le travail
appellera dès la première aube, il n'a que faire de ces
connaissances littéraires qui sont la brillante parure de
l'esprit ; ce qu'il lui faut, à lui, c'est de n'être pas obligé,
pour traiter ses affaires, pour épancher ses joies et ses peines,
d'emprunter les yeux, la main d'un étranger, et de leur livrer
les secrets de son âme ; c'est de pouvoir de temps en temps
relever son front, déposer son outil, et, ne fût-ce qu'un
instant le soir, ouvrir son âme aux délicates jouissances de
l'esprit : c'est de savoir au moins ces trois choses élémentaires
et pourtant sublimes : lire, écrire et compter. Par conséquent
pas d'études savantes ; par conséquent l'étude de la langue
maternelle avant toute autre étude ; par conséquent des
méthodes simples et courtes, de petits livres où la science
soit condensée, ou la vérité se rapetisse pour venir à l'enfant.
Ces méthodes, le Bienheureux les trace ; ces livres, il les
écrit. Et, en même temps qu'il donne à l'enseignement primaire une forme déterminée, il lui laisse une élasticité telle
qu'il pourra se développer, s'agrandir, se prêter à tous les
progrès. Force sera bien de le reconnaître quand, sans altérer
sa sève primitive, on verra son Institut, comme un arbre
vigoureux, pousser des branches dans tous les sens, ouvrir
des orphelinats, des pensionnats, des écoles professionnelles,
embrasser, dans la complexité d'un enseignement varié, toutes
les formes, tous les degrés de l'instruction populaire, sans
jamais dépasser la mesure que fixe le bon sens et sans jamais
non plus se condamner à l'immobilité.

Si le Bienheureux s'en fût tenu là, c'eût été déjà une
grande gloire pour lui d'avoir organisé l'enseignement populaire, d'avoir créé un type que l'Europe n'aura plus qu'à
copier. Mais il a une ambition plus haute. Ce qu'il veut, ce
n'est pas seulement l'enseignement populaire, c'est l'enseignement chrétien. Prêtre, il voit dans l'enfant autre chose
qu'un être vulgaire destiné à remuer la terre, à travailler la
matière et à disparaître dans une fosse ; il y voit un être
divin, appelé à des destinées immortelles, et il croirait ne
répondre à aucune des exigences de sa nature, il croirait
abaisser lui-même sa mission, s'il ne lui apprenait que des
lettres, des chiffres, quelques notions d'orthographe, quelques
lambeaux d'histoire et de géographie. Instruire un enfant et
ne lui rien dire de ses origines et de ses destinées ! l'instruire
et laisser dans l'ombre les deux extrémités de sa vie ! ne
faire descendre aucun rayon de lumière ni sur son berceau
ni sur sa tombe ! former sa conscience, lui demander d'être
obéissant, d'être doux, d'être pur, de réprimer ses passions,
de faire déjà au devoir de douloureux sacrifices, et ne
pas lui montrer au-dessus de sa tête un Dieu qui lui commande, un Dieu qui le regarde et qui s'apprête à le punir
ou à le récompenser ! ne pas lui faire lever les yeux vers
ce modèle vivant et aimable de la vertu qu'il comprend si
bien, vers ce Christ suspendu à la muraille qui semble présider à son travail et sourire à ses efforts ! mais il eût re-
gardé cela comme une tâche impossible et indigne de lui.
Il veut que la religion pénètre de son influence toute l'éducation. Il veut que le rayon divin pénètre librement dans
l'humble salle d'école non seulement pour réchauffer et
réjouir les dévoûments obscurs du maître, mais aussi pour
provoquer le développement complet, harmonique et joyeux
de toutes les facultés de l'enfant.

On peut sourire d'une pareille conception ; il n'en est pas
moins vrai que nulle ne répond mieux à la nature de l'enfant,
ne relève plus la mission de l'éducateur, n'assure davantage

le bonhéur des familles et ne prépare à la patrie de meilleurs citoyens.

Mais pour réaliser cette conception, il fallait des maîtres ; et ces maîtres, il fallait eux-mêmes les former.

Je ne m'attarderai pas, mes Frères, à vous montrer avec quelle patience, quelle douceur, quelle habileté, le Bienheureux enseigne à ses disciples l'art si sublime mais si délicat de l'éducation. Ce qu'il cherche à développer en eux, plus encore que la science, c'est l'esprit religieux, car il sait qu'un Institut n'est qu'un corps sans âme, tant que la ferveur, comme un sang généreux, n'en anime et n'en vivifie pas tous les membres.

Aussi, pour soustraire leur vie au caprice, il leur donne d'abord des règles. Il fonde ensuite un noviciat où, jeunes, ils pourront contempler longuement le sublime idéal de leur vocation, assouplir leur volonté dans l'obéissance, la fortifier par l'exercice de la vertu ; où, vieux et fatigués, ils pourront venir retremper leur âme et renouveler leur vie. Et quand enfin il les juge mûrs pour un dernier sacrifice, quand il les juge dignes de contracter avec Dieu et avec l'enfance une alliance indissoluble, il demande à quelques-uns d'abord, puis à tous, les grands vœux de la vie religieuse, les vœux de pauvreté, de chasteté et d'obéissance, et il les fait avec eux.

La voilà constituée, cette fois, cette légion de nouveaux apôtres dont il veut faire les auxiliaires du sacerdoce ! La voilà, cette nouvelle milice qui va combattre l'ignorance et le mal dans l'âme de l'enfant, veiller sur les sources de la vie et les garder pures ; à la fois religieuse et laïque, tenant le milieu entre le sacerdoce et la famille, et complétant cette Trinité sacrée de l'éducation : au foyer la mère, à l'église le prêtre, à l'école le frère, c'est-à-dire, sous trois formes et avec des nuances diverses, la vérité venant à l'âme de l'enfant par l'amour et par le dévoûment.

Comme il était heureux et fier, quand il entendit ses disciples faire leurs premiers serments ! Lui, le chef de cette milice sacrée, il sentait son cœur battre d'enthousiasme. Mais il fallait enflammer, soulever ses soldats ; il fallait faire passer en eux son âme héroïque, leur inspirer l'abnégation, le dévoûment, le courage ; il fallait allumer en eux un si grand amour qu'il répandît un charme austère sur le sacrifice lui-même.

Il leur avait sans doute déjà enseigné ces fortes vertus en se dépouillant devant eux de tous ses biens, de toutes ses dignités, en supportant en silence les railleries et les persécutions du monde ; mais on dirait que ces sacrifices passés n'ont été qu'un jeu pour lui, et que, devant sa nouvelle tâche, son âme rajeunit, son ardeur redouble et qu'il éprouve plus que jamais le besoin d'entraîner tout le monde après lui par ses paroles et par ses exemples.

Le premier à la prière, le plus ardent au travail, le plus patient dans l'épreuve, le plus mortifié dans tous ses sens, il est au milieu de ses frères comme un vivant modèle de toutes les vertus qu'il leur demande. Aussi ils le contemplent avec une sorte d'admiration et d'enthousiasme. Comment regretter leurs privations, comment rougir de leur pauvreté, quand ils le voient, lui, le riche bénéficier d'autrefois, avec de gros souliers garnis de clous aux pieds, avec une soutane rapiécée et avec des habits si usés que les pauvres eux-mêmes n'en veulent pas ? Comment ne pas garder avec un soin jaloux dans leur cœur toutes les délicatesses d'un chaste amour, quand ils sont les témoins de sa modestie angélique et des sanglantes macérations qu'il inflige à sa chair ? Comment ne pas obéir joyeusement quand ils le voient s'humilier, à chaque instant, devant ses inférieurs eux-mêmes, demander avec larmes d'échanger la première place contre la dernière, la prendre en effet, se mettre au réfectoire derrière les garçons d'écurie, laver la vaisselle, balayer sa chambre et ne se laisser arrêter dans cette voie de l'humiliation volontaire que par le devoir ou la dignité ? Comment ne feraient-ils pas de grand cœur leur petite classe,

5.

quand ils le voient, lui, l'ancien docteur des universités,
prendre la place des frères malades et s'enfermer comme eux
tout le jour avec de petits enfants ? Comment ne seraient-ils
pas embrasés de toutes les ardeurs de la charité, quand ils
l'entendent parler en termes enflammés de l'amour de Dieu,
quand ils le voient descendre de l'autel, littéralement hors
de lui, enivré, obligé de s'asseoir quelquefois pendant un
quart d'heure, avant de pouvoir répondre aux questions qu'on
lui pose et quitter les vêtements sacerdotaux ?...

Aussi, une noble émulation s'est emparée d'eux. Aucune
privation, aucune fatigue, aucune injure, aucun sacrifice, n'ef-
fraient leur courage... Ils manquent de pain parfois ; ils vont
au réfectoire dire le *benedicite* devant des tables vides : qu'importe? Leur âme vit, et Dieu est content... Les enfants sont
indisciplinés, les parents sont aveugles et injustes : qu'importe ? Ils se dévoueront davantage et ils vaincront toutes les
résistances et toutes les préventions, à force d'amour... Ils
entendent encore parfois des sifflets et des railleries dans les
rues : qu'importe ? Est-ce que leur père ne partage pas leurs
affronts ? Est-ce que Jésus-Christ n'est pas monté au Calvaire
au milieu des clameurs de la foule, est-ce qu'il n'est pas
mort au bruit des cris de haine et des blasphèmes ?...

A cette pensée d'ardents désirs d'immolation leur montent
au cœur. Non seulement ils vont à leur petite salle obscure,
au travail ingrat, aux affronts de la rue, avec un cœur vaillant
et joyeux, mais ils courent aux haires, aux disciplines, aux
cilices, aux chaînes de fer. Le Bienheureux est obligé de
contenir leurs ardeurs pénitentes, mais il excite de tels regrets
et de si saints désespoirs, qu'il lui faut bien parfois céder.
Il y eut de pieux excès peut-être (1) : comment les leur eût-il
reprochés? Il était le plus coupable.

(1) Épuisés par leurs fatigues et leurs austérités, plusieurs Frères
moururent jeunes. On demanda au Bienheureux de les envoyer à leur
pays natal : « Le pays natal des Frères, répondit-il, c'est le Paradis. »
Ils allèrent en respirer l'air.

Et ce ne sont pas seulement des novices, c'est-à-dire des âmes en qui les lassitudes de la vie et l'air glacé du monde n'ont pas encore refroidi la flamme du premier enthousiasme qui donnent de tels exemples; ce sont des frères déjà fatigués et vieillis; ils viennent chaque semaine des divers quartiers de Paris, ils viennent tous les ans de Reims et des autres villes, au noviciat de Vaugirard. Ils partent, hiver comme été, à pied, dans la boue, dans la neige, sous la pluie, sous le soleil; ils arrivent trempés de sueur, mouillés, gelés; ils ne trouvent pas de chaises pour s'asseoir; les cellules sont trop étroites pour les contenir; il faut refluer au grenier; il faut coucher sur des paillasses jetées à terre. Ils y couchent, ils sourient doucement à toutes les privations. Ils sont si heureux de revoir leur père, de retrouver leurs jeunes frères, de mêler, pendant quelques jours, leurs prières et leurs pénitences!... Et ils repartent renouvelés, rajeunis, pleins de courage et de joie.

O débuts héroïques! Heure joyeuse et matinale! Quels élans, quelles ardeurs, quels beaux enthousiasmes vous avez vus! Le sacrifice alors était doux; l'amour jetait un voile parfumé sur la croix elle-même. Aussi, à deux siècles de distance, vous remuez encore notre âme de votre charme impérissable, et vous l'enchantez de la divine magie de vos souvenirs.

Voilà comment le saint Fondateur formait ses religieux. Quand on a sous la main de telles âmes, il n'y a plus qu'à les lancer à travers le monde et qu'à communiquer à son œuvre ce mouvement d'expansion qui est le mouvement propre de toute œuvre catholique.

C'est ce que fait le Bienheureux.

Il sort de Reims, malgré tous les efforts qu'on fait pour l'y retenir. Il fonde des écoles à Rethel, à Rouen, à Paris, à Calais, à Chartres, à Troyes, à Mende, à Avignon, à Marseille, à Grenoble; mais au prix de quelles difficultés et de quelles souffrances ! Tous les sacrifices des débuts ne sont rien près de ceux qui s'offrent à lui chaque jour. Il lui faut lutter contre la pauvreté, contre l'injustice, contre la persécution, contre l'hérésie, contre toutes les passions conjurées.

On lui promet, pour ses Frères, des pensions modestes toujours, souvent insuffisantes, — il ne marchande jamais le dévoûment de ses enfants ; — pour le moindre prétexte on les lui refuse, on les réduit, on en diffère le paiement ; et cependant.tout lui manque : le linge, le mobilier, le pain.

Sort-il de cette première épreuve, c'est pour en rencontrer d'autres ; c'est pour rencontrer l'injustice criante, éhontée ; c'est pour voir fouler aux pieds les droits les plus clairs et les plus sacrés ; on annule des donations, on attaque des legs qui lui ont été faits ; on lui intente des procès ; il les perd toujours : on a pu dire agréablement qu'il n'avait gagné que le procès de sa Béatification.

Arraché aux mains d'héritiers avides, il tombe entre celles des maîtres d'école et des maîtres écrivains. Pauvres hères, pour la plupart, qui vivent péniblement de leur métier, ils s'alarment en voyant ce nouveau venu ouvrir des écoles et attirer l'attention. Ils craignent de voir diminuer leur maigre salaire. Ils ne songent pas que ses écoles sont des écoles gratuites, qu'il ne les ouvre qu'aux enfants pauvres, qu'il ne fait, par conséquent, qu'alléger leurs charges sans diminuer leurs profits. L'intérêt, surtout quand l'envie s'y mêle, — et la leur est éveillée par le succès des Frères, — l'intérêt les rend aveugles. Ils l'accusent de léser leurs droits, font fermer ses écoles, réclament de fortes amendes. Et, comme il ne peut les payer aussi vite qu'ils le voudraient, leur fureur éclate. Ils ameutent, un jour, la populace, arrachent les inscriptions de l'une des écoles de Paris, enfoncent les portes, enlèvent les bancs, les livres, et laissent une maison vide ou jonchée de débris.

Encore, si le Bienheureux n'avait à se défendre que des attaques de corporations jalouses ! mais il a à se défendre et à défendre son œuvre, tantôt des séductions, tantôt des violences de l'hérésie. L'Église de France, alors, traverse une crise. D'audacieux sectaires répandent par la parole ou par la plume les erreurs de Jansénius et cherchent, par de subtiles distinctions, à se dérober aux anathèmes du Souverain-Pontife. Ah ! s'il eût consenti à couvrir leurs révoltes du prestige de son nom et de sa sainteté, s'il eût consenti à leur donner des apôtres dans ses enfants, il eût entendu glorifier son œuvre et acclamer son nom ; il eût vu s'ouvrir les bourses et se multiplier les maisons ; mais il a l'âme trop généreuse pour accepter cette froide doctrine qui fait de Dieu un tyran, qui opprime la liberté, qui rétrécit la piété, qui décourage l'effort et glace l'amour. Aussi il repousse toutes les avances ; il fait, durant quarante années, une garde vigilante autour de son Institut ; et s'il perd la faveur, s'il voit se tarir la source des aumônes, il conserve, du moins, toute la virginité de sa foi et, pour le Vicaire du Christ, toutes les délicatesses du plus filial amour.

On ne le lui pardonne pas. Ne pouvant atteindre sa foi, on attaque sa réputation ; on répand contre lui des libelles diffamatoires ; on obtient de juges surpris ou complices des sentences flétrissantes ; on le représente partout comme un pieux extravagant dont une dévotion mal entendue a troublé la tête, comme un esprit étroit, incapable de gouverner un Institut, comme un ambitieux qui couvre du voile d'une humilité hypocrite son orgueilleuse opiniâtreté.

Est-ce tout, mes Frères ? Sommes-nous au bout de la voie douloureuse que dut parcourir cet homme héroïque ? Non, pas encore. Je n'ai dit que les souffrances qui l'atteignirent directement lui-même. Celles-là, à vrai dire, il s'en souciait peu. Il en connut d'autres plus poignantes, plus amères.

Cette œuvre pour laquelle il a tout quitté, à laquelle il a tout sacrifié, pour laquelle il a bravé toutes les risées et toutes les colères, il la voit attaquée dans ses règles, dans son esprit, dans sa vie intime ; et non pas seulement par des hérétiques, mais encore par de prétendus hommes de bien, par des esprits chagrins et jaloux, qui n'ont pas ses lumières et dont la suffisance est d'autant plus grande que leurs vues sont plus courtes. Ils veulent qu'il change l'habit de ses Frères : il est ridicule ; qu'il adoucisse les règles : elles sont trop sévères. Alors cet homme si doux, si patient, sentant qu'on touche à ce qui fait l'âme même de son œuvre, se redresse comme une mère devant la bête fauve qui menacerait son enfant ; il oppose des résistances invincibles ; il a sur les lèvres de telles protestations et de tels refus, qu'il faut bien renoncer à l'attaquer de front.

Ses ennemis, alors, changent de tactique. Ils cherchent à lui enlever le cœur de ses enfants. Ils flattent l'orgueil des uns, ils excitent la cupidité des autres ; ils exploitent des ambitions froissées, des amours-propres aigris, et le saint fondateur voit des jeunes gens qu'il aime quitter le noviciat ; il voit tomber des Frères qu'il regardait comme les colonnes de son Institut, et afin qu'aucun trait de ressemblance avec son divin Maître ne lui manque, il rencontre, lui aussi, un Judas.

Ah ! qu'alors il était beau à voir ! il ne rougissait pas de se mettre à genoux devant ces égarés ; il les conjurait à mains jointes de ne pas trahir leurs serments et leur Dieu, et il tirait de son cœur des cris si éplorés, qu'il finissait presque toujours par les attendrir et les sauver.

Mais il a beau faire : à force d'intrigues et d'artifices, ses ennemis parviennent à pénétrer dans sa maison.

Un jour vient où il ne peut plus y tenir. Un jour vient où ce vénérable vieillard est obligé de fuir et d'aller cacher sa douleur et sa honte au fond de la France.

Ses ennemis triomphent cette fois. Ils sont enfin débarrassés de lui. Ils vont enfin pouvoir refaire son œuvre à leur guise. Ils vont modifier ses constitutions, fractionner son Institut en maisons indépendantes, et, à la place d'un supérieur

unique, nommer des supérieurs locaux, ce qui leur permettra
à eux-mêmes de saisir l'autorité.

Tout semble désespéré. Son honneur est atteint ; ses
enfants sont découragés ; son Institut est aux mains de ses
persécuteurs. Il n'a plus, ce semble, qu'à s'ensevelir sous les
débris.

Non, mes Frères ; il reparait ; il conjure encore une fois la
ruine, mais c'est pour aller à de nouveaux affronts et à de
nouvelles douleurs. La persécution le poursuivra jusque sur
son lit d'agonie, et elle empoisonnera sa dernière heure par
une suprême ignominie.

On frémit, mes Frères, en entendant de telles choses, et je
ne dis pas tout. On se demande comment à la fin ses épaules
n'ont pas fléchi, comment sa constance ne s'est pas lassée.
Eh bien ! non. Il traverse ces épreuves non seulement avec
un indomptable courage, mais avec une inaltérable sérénité.
On dirait une de ces hautes montagnes dont les flancs sont
enveloppés par l'orage, frappés par la foudre, et dont les
cimes sont éclairées par le soleil.

D'où lui venait cette égalité d'âme qui, dit le Souverain-
Pontife dans la bulle de Béatification, fut sa gloire singulière
et, plus qu'aucune autre vertu, jeta en lui un merveilleux
éclat ? Elle venait, mes Frères, d'une confiance en Dieu
dont aucun saint peut-être n'a donné de si extraordinaires
exemples.

Aveugles que nous sommes, nous ne voyons souvent dans
la nature que le jeu de forces aveugles et fatales et dans
l'histoire que l'évolution obscure ou glorieuse de l'activité
libre, et nous ne songeons pas que derrière le voile du monde
il y a un agent invisible qui règle, qui coordonne tous les
mouvements, qui dirige sans la violenter la liberté elle-même,
et fait servir les éléments comme les hommes à l'exécution
de ses desseins éternels.

Les saints avaient ces vues profondes. Aussi, après avoir

donné à une œuvre leur temps, leurs sueurs, leurs efforts, leur sang, ils se mettaient à genoux et confiaient l'avenir à Dieu.

Ainsi faisait le Bienheureux de la Salle. Nul ne déployait plus d'activité que lui, nul ne se donnait plus complètement à son œuvre ; puis, quand il avait travaillé, lutté, souffert, il priait et il espérait. Il allait par les couloirs de sa maison, par les rues de Paris, par les grandes routes, égrenant son chapelet, demandant à Dieu l'argent, les hommes, qui lui étaient nécessaires, le priant de conjurer les périls et de sauver son œuvre. Les entreprises étaient-elles plus importantes, les difficultés plus grandes, la persécution plus ardente, il restait des journées entières aux pieds de son crucifix, il passait la nuit devant le tabernacle ; ou, s'il le pouvait, il fuyait dans la solitude ; il s'enfermait à Saint-Yon ; il gravissait les rocs escarpés, les montagnes blanches de neige de la Grande-Chartreuse, il s'enfonçait dans l'ermitage de Parménie ; et là, seul ou avec des âmes enflammées des mêmes ardeurs que la sienne, le jour, la nuit, il faisait monter vers Dieu d'ardentes supplications. Et il sortait de ce commerce avec Dieu, transfiguré, ne redoutant ni les railleries ni les persécutions des hommes, avec une hardiesse qui bravait tous les obstacles, une constance que ne décourageait aucun insuccès, une confiance dans le résultat final qu'aucune apparence contraire ne pouvait ébranler. Et Dieu ne trompait jamais l'attente de son serviteur. Par des combinaisons inattendues, par ce jeu mystérieux des évènements dont lui seul a le secret, il réalisait ses espérances, et, si je l'ose dire, à certains jours, il justifiait ses témérités. Aussi, de son vivant même, à travers la misère, les famines, les persécutions, son Institut grandit, s'étend, couvre la France ; et quand il meurt, il laisse trois cents frères, dix mille élèves et vingt-trois maisons.

Et faut-il vous peindre le spectacle qui, au milieu de ses angoisses sans cesse renaissantes, repose son âme et réjouit

ses regards ? Ces enfants indisciplinés, flétris par une corrup-
tion précoce, qui se transforment peu à peu sous sa douce
et forte influence, édifient par leur silence et par leur piété
ces fidèles et ces prêtres qu'ils ont autrefois troublés par
leur turbulence et attristés par leurs désordres ; qui rentrent
le soir au foyer, le front rayonnant des ardeurs d'une noble
émulation, de la fierté des premières victoires remportées à
l'école ou au catéchisme et surtout du charme indéfinissable
de la vertu !

Ravissant spectacle : il émerveillait nos pères, et, depuis
deux siècles, il n'a pas cessé. Vous l'avez vous-mêmes, mes
Frères, sous les yeux, dans ces aimables enfants qui sont la
postérité de Jean-Baptiste de la Salle et qui rajeunissent
parmi nous sa gloire. Depuis trois jours ils chantent leur
bienfaiteur. Près de 400,000 enfants le chantent avec eux, et
leurs voix fraîches et pures qui s'élèvent non seulement de
tous les points de l'Europe, mais de l'Inde, de la Chine, des
deux Amériques, d'Alger, de Madagascar, d'Alexandrie, du
Caire, de toutes les îles de l'Océan, forment un des plus
beaux concerts qui soient jamais montés de la terre vers le ciel
pour glorifier un homme.

Et, à côté de ces enfants, j'aperçois douze mille maîtres,
non pas vieillis, dégénérés, comme leurs ennemis le pré-
tendent, mais jeunes, ardents, généreux, plus dignes que
jamais, par leur science et par leur dévoûment, de former les
enfants du peuple. Chaque année, ils les mènent, dans nos
concours, à des luttes fraternelles et à de pacifiques
triomphes. Et quand il leur a fallu se mêler eux-mêmes à
d'autres luttes, quand la patrie en deuil a poussé un cri de
détresse et appelé à elle tous ses enfants, on les a vus sortir
de leurs écoles, aller, au milieu du sifflement des balles et des
éclats de la mitraille, ramasser nos blessés sur les champs de
bataille, mêler leur sang au sang de nos soldats, provoquer
l'admiration de nos vieux généraux par l'intrépidité de leur

courage, et consoler la défaite elle-même par l'héroïsme de
leur charité. Ce jour-là, chers Frères, la France vous a reconnus
pour ses enfants, et par les mains de l'Académie Française
elle a posé sur vos fronts une couronne plus belle que celle
de la science, la couronne du dévoûment patriotique et
chrétien (1). Continuez à les porter toutes deux. Continuez à
préparer à notre grande et infortunée patrie des générations
dignes d'elle, éclairées, laborieuses, vaillantes, prêtes à la servir
et, le jour venu, à la venger. Pour cela, enseignez-leur, non
pas des doctrines inconsistantes et une morale vulgaire qui
ne peuvent inspirer les grands sacrifices, mais ces sublimes
doctrines, mais cette généreuse morale de l'Évangile, qui seules
peuvent faire des peuples forts, qui ont fait la France, et que
la France par conséquent ne pourrait désapprendre sans se
renier elle-même.

Et vous, ô Bienheureux, du sein de cette gloire où vous
nous apparaissez aujourd'hui, veillez sur ces enfants, sur ce
peuple français que vous avez tant aimés. C'est au moment
où les questions de l'éducation de l'enfance et de l'avenir des
classes ouvrières soulèvent des luttes ardentes et passionnent
tous les esprits, que l'Église vous dresse des autels. Elle veut
sans doute que votre sainte image flotte devant nos yeux pour
nous rappeler sans cesse les nobles causes que vous avez
aimées et servies. Servez-les toujours du haut du ciel; et,
pour que nous soyons dignes d'en devenir, à notre tour, les
champions, donnez-nous des âmes semblables à la vôtre :
actives, généreuses, pleines de confiance en Dieu, prêtes à
tous les sacrifices, aimant, comme vous, d'un invincible
amour, l'enfance, le peuple et Jésus-Christ.

Ainsi-soit-il.

(1) Après la guerre de 1870, la ville de Boston pria l'Académie
d'offrir, en son nom, un prix aux Français qui avaient donné le plus
bel exemple de patriotisme. L'Académie l'offrit aux Frères des Écoles
chrétiennes.

SIGNVM FIDEI

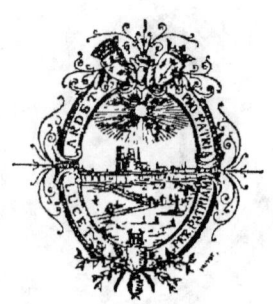

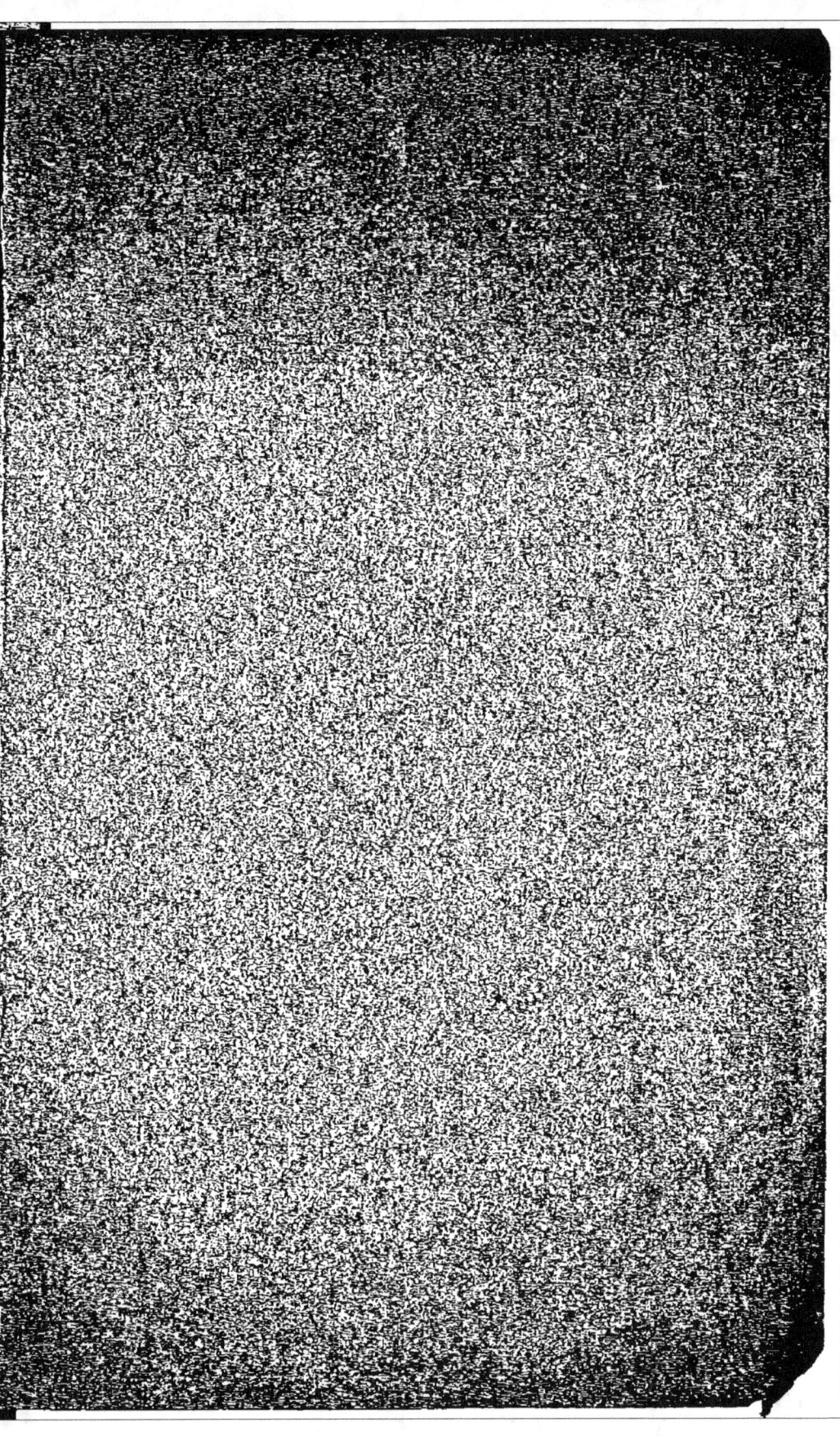

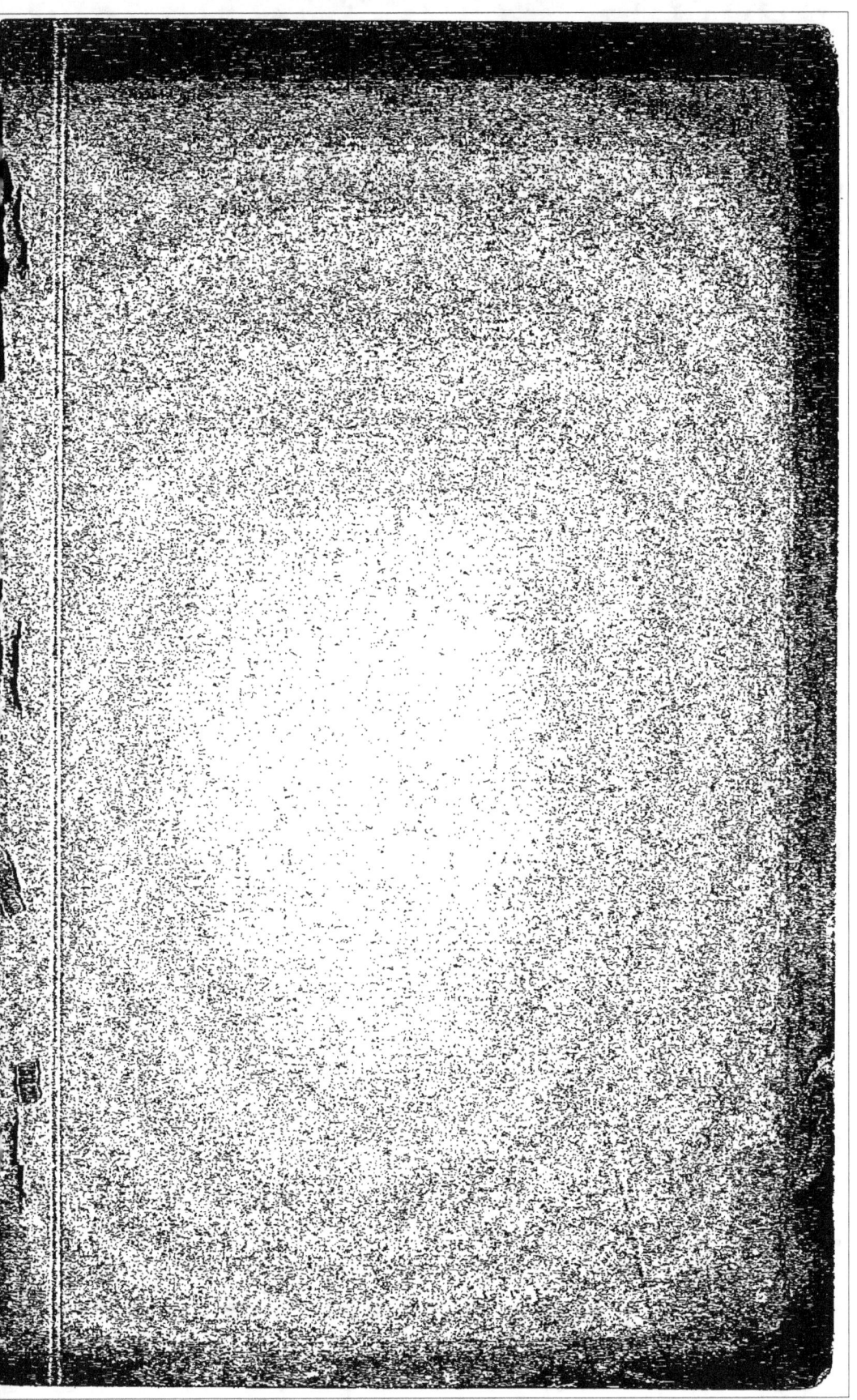